U0057618

AQUARIUS

每個人心中都有一座島嶼，

藉文字呼息而靜謐，

Island，我們心靈的岸。

世界透過詩注視著自己的美麗
——自序

◆壹

經常我無法再為詩說什麼，譬如下定義或者做解釋，儘管我多麼想要歸納出道理來，然而老是失去邏輯與秩序——這些一旦融化在詩中，我能說什麼呢？

寫詩到現在，回首二十年了，在我的生命中，竟然還有寫詩這件事一直持續著，應該慶幸、知足。

我並不常擁有寫詩的快樂，多數時刻並不覺得創作是一件輕鬆愉快的事。

詩只是讓我找到一處安安靜靜的角落罷了。

我閱讀，或者經歷過的人生非常有限。我佩服能夠博學強記的人，羨慕那些熟悉外語而能開啟多扇知識窗扉的人，我尊敬行過萬里路、體驗過大悲大喜的人。

我寫詩，因為我什麼都忘得快，為了要記住些什麼，讓自己不再那麼害怕，讓自己可以安安靜靜地生活。

我寫的內容來自於我所在的土地、來自於日常，以及一些人生必然的行旅、風波……賦予想像而發生，如此而已。

我的性格缺陷是，經常花多數時間擔憂不可能發生的事，反覆推敲細節，但並未成功地預言了什麼。

我的詩，都是證人。證明我在詩中創造的，或許僅僅為了要在這個喧囂的年代尋找一處角落，呵，在一處安安靜靜的角落寫詩，為生存做筆記。

時光的速度太快，太沒耐性了。心態還來不及醞釀成熟，少年就直接跳到青年，青年直接躍入中年，之後老了，而且將變得更老。再之後呢？死亡會不會慢下來呢？肯定也不會。

在速度的過程中，到底什麼被省略掉？又有什麼被錯過？還沒思量清楚就開始厭倦，厭倦速度。

於是難免懷舊。

追憶那些慢慢走在午後巷弄的童年時光，偶爾興起一絲絲莫名的感傷，然而感傷什麼？又說不上來。新買的書堆到腰際，不知從何下手。才要動手翻，突然就被書架上的舊書吸引。是這種無法安於當下、享受當下的感傷。

當下，世情紛繁、夢想零落……而前途迢遠，彷彿又後退無路。

偶爾想起一張熟悉的臉，但就是想不起他的名字。是的，健忘！煩惱太多會促使人類進化，進化成健忘者。

這也造就了懷舊情懷。我們開始在意許多身外之物（那是年輕時多麼不屑的身外之物），戀物且從中尋求慰藉。突然又發現多數人都沒有一覺就不醒來的自由，人們不是只要完成自己的夢想，人生就自足圓滿了；而事情往往也不是一句放下就完結了。

我們可以旅行，但一定得回家；從一座城市到另一座城市，從一個日子走向另一個日子，影子變短又拖長。待釐清的事情多到不可能釐清。晃晃悠悠之間遂開始瞭解「為賦新詞強說愁」的年代是多麼令人懷念啊，我們更能領悟真正的煩倦是什麼滋味——就像半身埋在沙灘的瓶中信，曾經浪蕩，心事飄飄何所之，而終於落了腳，卻無人理睬，徒留一線長長的海岸……

於是開始以務實治療悲觀，因為務實而感受時光的流逝。感傷這回事突然變得相當地明確。一切都變得太真實，以致無法虛幻，那麼只好更加地務實。務實，標誌著青春已經與你沒有瓜葛了。務實，代表你或許將會收穫一些果實，但大多不是你最初想要的那種……

詩可以讓心靈在一處安安靜靜的角落獨處。

獨處就是與時光的追逐，一對一的鏖戰。每一小段獨處的時光，有時因戰勝而喜悅，有時挫敗沮喪。安安靜靜，在內心的某一角落。在那個角落裡悲傷、痛苦，快樂與幸福，並且發現了復原的力量。

我經常會想：如果這樣做不好，哪樣會比較好呢？可能因為承擔了這些而讓以後更好，若你承擔了別的那些，而不承擔我說的這些——比方說你終於可以自由自在……那麼日子會變得如何？

躲到一處安安靜靜的角落，就不再關心社會、國家、世界嗎？不是的。而是更懂得品嘗滋味，以詩（雖然不是特別有趣的方式）。而別人會用什麼方式窩出一處完整屬於自己的角落呢？

詩，是我的證人。我像雜事一件一件條列之所以需要一處角落的理由。我所需要的安靜，可讓我追尋生命的內容與形式，有了這個角落，經常就可以小小地逃開真實，不必在人與人之間閃躲，不必反覆證明自己的存在應該如何又如何。

在角落，我把詩叫來，經常詩也叫我過去，不必說：請、謝謝、對不起。不必編造任何委屈求全的理由。這角落不必是某個國度，不必是花園，單純只是內心無人知曉的純粹。

純粹地記錄、體現，只有詩不必把一切說透，而供詞卻足夠成為佐證：——我知道我存在而且思考，在一處安安靜靜的角落。

◆貳

我的創作，大抵是我人生的編年。

世界透過詩注視著自己的美麗，我只是記錄者，一併記錄下自己的存在。

某個下午，我閒步到那些詩與散文的外面，回首遙望他們，耳畔竟然響起旋律，下一刻，跳接到女兒撥弄柳葉琴的節拍上。於是我順手寫下「柳葉琴下午」，擬作為詩集的名稱——雖然最末我擇定對我兼具特別涵意的「靜到突然」。書架角落或坐或臥或立的數冊創作，每一冊書的長短書名就像高高低低的音階：

一枚西班牙錢幣的自助旅行
蘋果香的眼睛
不可能；可能
長得像夏卡爾的光

如果MSN是詩，E-mail是散文
除了野薑花，沒人在家
油菜花寫信

我想起《一枚西班牙錢幣的自助旅行》，多年前詩人鄭愁予說它是抒情傳統之外的「第三類異音」，他讀到的是聲音（異音），我一鍵一鍵按著書名，響著各自的音質、聲色，甚至心跳。在《蘋果香的眼睛》裡發現自己曾長篇而鄭重其事地寫〈聲音〉散文，那時年輕，卻亟欲透過聲音探尋安靜。而在《不可能；可能》詩集則試圖反過來以〈大寂靜〉寫內心的音韻節拍與存在的喧囂。《長得像夏卡爾的光》篇末在〈論我詩〉時，我所採取的形式也是以節奏來貫穿與示意。寫詩最耗心神的是如何找到內心的節奏。直到《除了野薑花，沒人在家》突然華麗與喧囂漸漸安靜，其實不是安靜，而是音步搭配日常呼吸，變得柔軟抒情了。邁入中年，也渴望改變，我試寫童詩給孩子，又將詩與動畫、影像做結合，希望觸及更深刻純淨的節奏——我一直想以「多媒體詩」創作，不拘泥於文字形式，詩既為生活的動靜，就應該更自由。

這些年來，音響旋律始終埋伏我的詩，從異音、旋律、音樂、節奏……愈到後來愈混搭。寫《騎鵝歷險記——童詩版》（原著賽爾瑪．拉格洛芙）是以原創童詩結合剪紙動畫的多媒體書方式，該多媒體作品亦獲新聞局數位金鼎獎，到了《油菜花寫信》則嘗試與黃羊川的攝影及電影紀錄片結合成多媒體影音的閱讀型態。詩因為聲音，而創造了跨界的可能。

第一本詩集通常因為自我要求而焦慮、緊繃，在當時彈奏出的是一種奇穎的異音，到了這本《靜到突然》，我找到聲音裡的安靜，像年華恬淡地流逝。

〈柳葉琴下午〉寫的是小女兒在微風下午練琴，彈著彈著就甜甜地睡著了……「柳葉琴」（節奏）「下午」（時間），一旦在柳葉琴與下午之間介入一個無關「的」，就會把節奏與時間之不可分割性破壞。詩集應該以節奏和時間既交錯又相融地向前行進。我常把詩的音樂性稱為節奏（Rythme）。節奏都有一個時間的內在結構，而時間本身則不一定有節奏。節奏與時間的進行基本上是一致的，但是節奏卻更為細緻，符合人性本質。時間讓我知道生命極度有限，但節奏永遠有無限的可能去改變時間定律，甚至跳脫到時間之外。

詩就是節奏。

我彈奏，但不想獨奏。我記錄，但我並不想只寫日記。創作是一種分享，我的詩一直是有假想讀者的。分享，對我來說很重要。分享之前與之後，我窩在獨處的角落與詩相互依偎，相互創作；然後再走出角落，對世界大聲朗誦……接著又回到角落。如此反覆，像節拍。這本詩集共四卷，依序是：「柳葉琴下午」、「臺灣追想曲」、「中場休息」、「藍鵲飛過」——如樂章串起一首來自我心內原鄉的擊壤歌，專注、不拘形式地敲打著，吟唱著，戀夢著。

目錄

卷一・柳葉琴下午

卷二・臺灣追想曲

卷三・中場休息

卷四・藍鵲飛過

卷一

柳葉琴下午

柳葉琴下午

睡意闖入下午，斜陽跟在後面
桌上趴著半顆蘋果清脆
而香甜
而時光輪撥四弦
水水地滑過小女孩的側臉

她睡了，柳葉琴斜枕身邊
樂譜也安安靜靜地睡了
除了一個叛亂的高音跌下牀緣
滾出我們的國界

她穿夏季短裙，小碎花像小花豹追房間
追成一片曠野……咬住我的童年

梳子和鏡子討論過她的劉海；她的
單眼皮含著兩顆鳳眼
菩提；鵝蛋臉笑起來菱角
長腿斜斜撐住這個懶得快要躺下的下午

她的年紀向前滾，熱浪向後翻
琴聲讓我的中年涼了一下

小女孩是公主，我們的小公寓是宮殿
孤獨曾經是我的霸業

有夢推敲一個小女孩微笑著什麼而我
又歷史過什麼始卑微地登基父親之位

小女孩的睡姿輕得像一曲國風
柳葉琴彈掉鐘面上鏽了的分與秒
時光向後退，九隻雁在天空開道
日子簡簡單單地教她順利往成長起飛

窗臺一株金露花看起來好天氣，有美
大規模嗜睡
整座平安的下午，小小的幸福結巢
城邦悠然行過樓下人行道

決定快樂

夕陽美得客氣我有禮
今天怎麼俗到雅了起來
繼續好活歹活
迄今並無不妥
日子牽肝連心地勾纏我
我負責今天過好

請每一天勇敢地來
寂寞止步，勿超前可愛
幸福對我笑
我不願夕陽西下
每個深夜都深怕結束我
甩甩頭不想，不想了

靜聽我島上搖曳的野百合
低頭祈禱：認真香，有愛
有思考
春天向我道一聲早

各位敬愛的鄉親父老：

今天，我負責過好

起先有點壞，日後未必不好

老天再老若放晴

韻味像陶質風鈴

把大夢骨董起來、把人間

圖一圖或影一影好玩就好

決定快樂真好

特選情詩

以唇紅齒白精美包裝一句特選的我愛妳

別杵在天下賭氣

贈一份小小的樂觀取悅妳

以舌挑開一縷香，鬆脫靈性

正在祈雨的是全裸那種笑、潑墨那種哭

兩顆心燊著眠牀，駛入魔幻星空；以夢

跳過甜甜圈而心怦怦

順手撈起大熊星座腰下的火種……遞給妳

因為孤獨很危險

有夜蒙妳雙眼

在最巔峰的兩座尖叫與尖叫之間

繃緊一條銀絲線，我走在上面

鮭魚紅的一聲：啊

雁群喘氣，人字扭曲

桃花心木地板躺著戰後的一截呼吸

抽搐。曾經兩個身體

努力下雨

清晨，我們的距離正好適合生存

書籤情詩

⊙愛慾

我剩半斤風格八兩肉

決定一口吃下愛，讓妳恨我

⊙溺愛

風景扇起一扇窗

跳向遠方

我收好下午

鳥日子懶得飛

寂寞太肥

夢回到大唐盛世泡冷泉

詩懶成貴妃

貴妃的想法不瘦

⊙愛別離

眼睛站起來是一尊神態

步出恍然，全是兵馬

⊙罪與罰

打發作廢的身體去選舉

讓妳民主

民主躺在左臉等右臉打一下

一下子心靈從麵包瘦成愛情

我們住的股市靠海邊

應該落日橘紅卻等來檸檬

教人心酸

⊙生氣

白天丟給我三心二意

長夜拋給我一線天

零急駛去接，漏接

愛失足跌落深淵

⊙抉擇

不甜的愛，健康多纖維

不愛的甜，偏偏美而魅

愛最愛橘花餡、粉圓與肉桂

佛手柑將妳掰成一瓣一瓣

月光亮得太精明怎麼辦？春神覺得好煩

⊙柔情

雲生下貓，貓生下月光

全世界的小雪都知道死也要輕輕的

⊙傷害

淚，一馬車向前馳去……

愛，每天死一遍又站起來嚇唬人

⊙相愛

戀人好脆啊，他們太習慣蘋果了

微風坐在那裡纏了又

禪

夏日菩提金金看，吾之瞳

突然雪崩

⊙溫存

妳的愛把邊界撞開

大野狼來不來？

妳的叫聲是一畝草莓

好嫩的視野

⊙原諒

緊繃到下一瞬就要斷裂的仇恨

散發淡淡的蘋果香

一絲善念萌芽了

沒想到會在妳的身上尋死覓活

謝謝黑髮加持而且春風我

⊙情書

妳的詩句跑著大草原

大草原是一隻狼的內容

⊙家庭生活

秋天一絲倦意，

兩個玩累的孩子拍拍身體，

一些夜飄揚起來，又

落定，兩個孩子就長大了。

很老的今日，

親愛的葉慈：

秋天是一張摺紙，葉子摺出兒童的形狀。

⊙現實

天氣很厚，富彈性頗似饅頭

夾在天下的我是瘦肉

冷得像思考一樣的天氣

虎虎地走在大街吃了幾顆疲憊的人頭

大衣高領之上空空如也

剩下立柱般的一根根人形支撐著天

⊙愛追尋

飛鳥的路上，天空遇見人間

匆匆聊一下陰與晴

淡淡的三月天，好夢未成年

晚安

天色下降到葉的背面，踩過圓滑的蟲卵
鬼話正流傳，浮一層油似的……怪怪的
天氣滑倒，滾下一群雷
我走過大暑再走過拉長臉的暗巷
於是知道再也不是你了
你是一腳深一腳淺的燈影
弄凹時間以儲淚，你說好嗎？
讓針臂撥動一艘獨木舟轉來轉去，又
泊碇於十字，不再飄飄蕩蕩
你說好嗎？
我曾經和世界一直平行
到你而交集，如今你用深藍吹熄星星
我們背對背的比例大約是一聲晚安的長度

風吹信

——給母親

1.我跟妳說

跟妳說喔我的字最近發獃又愛哭泣

老是敲錯鍵

鍵盤回傳叨叨絮絮愈來愈急

一行鄉音交錯一句勉勵

午夜，月光拓寬一縷思念

妳遠得像山頭大雪，妳飛，我追

突然妳煞住，突然我撞入妳身

我自妳身而出，換妳進我身

火在妳身繡的花樣就在我身疼痛

我們的憂愁喜樂注定有同一款的血統

安息是簡單的，只是把燈隨手關掉

放下是複雜的，將我掩埋依舊輾轉

木魚引導我小浪小浪地舢著划向妳

而妳恬恬的、金金的、遠遠的……

我靠岸，寫信給妳，一句話三斤重：

白色兮海湧啊，深更泅到阮鬢邊

我把未完的句子餵給停在三排七號格子

右上角的雲。雲是上蒼梳的髮

髮有制度由黃而青而黑依序再灰再銀

在天際淡淡飄逝……

妳金孫仔正在準備學校的數學考試

並且知道妳告別；他們有解不開的難題

我也有

這樣辛苦的四月下午妳應該在客廳

面對重播的連續劇複習

嬤孫三代一起努力，有夢就有元氣

生命從早開始從夜開始從妳離去

開始！妳坐在時間之上大地之下

發芽；而我回到——想妳的崗位

用我半生把每一天每一個字再度敲對：

寫予汝兮批，親像阮細漢時陣放風吹

風吹風吹欲去天頂佮汝共話

2.汝佮我講

月娘住阮隔壁，厝邊是孤夜

過去兮日子貼濛霧

阮就用希望來起厝

千算計萬算計

毋值天一劃

佛祖愛用笑詼，請運命來這坐

佇在世間尻川掛閃電

佇在天頂白雲來相陪

蓮花，啊蓮花千蕊萬蕊微微笑

親像阮用一生恬恬佮你們惜

字不識阮，嘜安怎寫批？

心內若有愛就勿免四界找

好也一句話，歹也一句話

逐工快樂才是咱兜兮家貨

靜到突然

給父親

○

翻閒書如同翻開你的海
飄落一片金黃的銀杏葉，那是深遠的
沉船古幣？……翻開你
如同記不住的浮標警句
灰燼從網路那端飄過來
我並未開機下載天意
沒有郵件確知你是否安頓了
暴風雨捲走你那漁夫晚霞的臉
招潮蟹路過眼窟逼向魚尾
沼澤似有白色的幡影搖曳

○

通過人中的一條準繩，不偏不倚
命理似的均分生與死
家族史趁隙鑽進礦脈吸氧，鑿開
愛。原來
那一條準繩要我們校對的是靈魂

不是功名與財富

要我們校對是為了免於迷路

要我們跪，膜拜，呼喊小心

要過橋了……

記憶策馬長驅胸臆，鎮壓恐懼

○

太沉默了，以至於你

怎麼流失語言、骨質、身體……我

不清楚，不清楚遠方如何接引你

你雙眼一閉就簡化所有的詞藻

而母親的數落已經跟梵唄木魚之聲

趨於一致了

母親那樣熟背鹽的苦味

時光怎麼甜蜜？我估計

你並不瞭解來了與走了

之間的意義。走運啊你

○

頭頂在第七天嘶嘶叫，魂魄沸騰成這樣

我把悲傷關小一些仍然超過攝氏八百度
溢出的滾水口吐泡沫，破滅時啵出好大
一聲歡呼：晚風徐徐入港灣！漁船滑過
空濛的道場駛向你，你好糊塗竟然沒有
捕獲任何想法就返航，頭頂的水草好煩

○

火交代要記得帶溫度進去骨灰罈
雖然從海上來的你似乎不怕冷
提醒你這趟沒有檳榔和米酒頭
而且此去西方航程遼敻，除非
你的心極樂、你的意念有翅膀。當
陽光以皮肉撞上花崗質的罈
鏗鏘之回音像雀鳥
跳開，又在靈堂不遠處覓食可口的陰影

○

遍灑之光
是琉璃的尖叫橫行曠野、上下貫穿佛號
鑽過菩提、神祕之鳳眼、終於串通念珠……

那尖叫乃妙音似的提問

提問究竟；涅槃微笑

不答

○

摺一朵朵蓮花，摺一枚枚元寶

送行的心是金紙銀紙

我知道除了死，還有更重要的事

我推遲苟活而高速鐵道卻一節一節拉我回去

處理燃燒

你睡一睡就成灰，灰是霧的基因將我繚繞

○

遺像仍一副無辜而

天真而可能隨時闖禍的模樣

無法忍受生與死之間沒有一句經典

以聯結我

無法忍受我竟能在網路搜索到數千筆類似的一生

遺像中你穿睡衣，看來隨意

或者太匆忙而來不及扮好一位父親

眼淚夾入一部經，翻開

蓮瓣翩躚而出如咒一句接著一句金色白色赤色

旋律以鞭，不可思議地刑著身、笞著罪

往事不斷地朝虛空發射

神靈隱身閃過世俗的傷害

於下午微風中，於遺像前

陽光與幽靈一邊議論一邊燒掉紙錢

○

木盒裡有一聲滴答

封棺時不小心掉落的一聲

滴答；滴答開始鑽營，開發，稱霸

地底未曾發現的歲月

○

夏天來臨，肉體早熟懂事地擔任石榴的職務

愈來愈多以果類為名的肉體

像母性一樣注定非甜不可，但不可

暴飲暴食：否則

佛陀一簍一簍地摘下肉體之今生，甚至前世

○

牙齒在火中掙扎，試圖咬住大悲咒，未果

再咬，卻咬上一條游絲，輕嘆一聲就斷了

無有牽掛，終於舒服了

牙齒在肉身死亡之後據說偷偷長了一點點

火在清算時聽到鈣的話語常常流失

○

躺著是標題，內容無聲無息

湊不成一首詩讓你拄著好走

○

習慣裸睡的火不蓋被單

火的鼾聲是灰，身體乃熟食

基因，因為善念而熟睡

你終於不必醒在天亮以前

不必跟臍帶與插管搶食空氣

○

廢墟是營養的

有益菌與禮貌的蟲子居住其間

收拾乾淨這八十年

錯了與對了，兩者等長了

我沉默的時候止好超過四十四歲

長夏征服一個男人

微風革命一個浪漫主義的婦人

小孩是人間的萬有引力，在親情與蘋果之間

你呢

在這樣甜的鳳梨型下午

原諒咖啡漬不小心弄哭了衣裳

速度的藍橘雙色尾巴拖著一列高速鐵路

駛向你

窗外的陽光焦躁地走來走去要跟汗水說清楚

風從哪裡來，往何處去

○

新型病毒（譬如愛）

是信仰軟弱時於邊界徘徊感染的

死亡是無菌的，雜念最毒

所以誦經拈香時要小心

守靈之日驚聞
月色落網
供出魚尾紋是逃犯
○
蓮花長在天梯的兩側
日常生活一檻一階一無所懼地爬上去
不為參與輪迴
僅僅報名加入一個團體名叫鳥類
我只要日復一日，歲歲年年
與家庭一同前進
沒有目的就會抵達快樂
○
一口箱子以為藏有十八種武器
其實只有你在裡面
你的武器是火，急著焊開一扇天窗
卻聽見有人大聲呼喚要你閃避火
火大，就什麼都不思想了
你的身體曾經失火，這些，夢都知道

白骨讓我想到你身後的酒意

○

佛號是用微風與微笑搏聚的，無法訂製

人間唯有在想念的季節

微風才會微微笑

滿室香水百合整個西曬，孤獨竟然微溫

○

死亡證明單是你的身體簽給大地的。我後來只好同意。我夾起一片骨，不知是哪個部位樣子如此禪機這般白皙，孝順地將它輕輕地置入下午，深怕悲傷粉碎。諸菩薩領你前去，確定有喔、有喔。這樣一直喊。老榕樹下很涼的風像魂一樣飄送進來姿態都很慈善。其實你沒有落地，而是斂翅，以灰。……你在罈中休息，想家，看著我穿戴你的一部分身體，飲食你的一部分內容，繼續行走江湖。路人甲乙丙丁的頸項開出桃花李花。你在笑。

○

唯一不打算研究的是背影

最想要告別的是想法

對愛

靜到突然擁有一切喧囂

好好生活

這年代背影蕭索，
我心有時城市有時村落；今天，趁不景氣
氣氣金錢——
就寫長長的信給時間，讓它瞭解，神來了
天國近了我們才會有閒。
有閒慢慢雕刻思維，
偶或有一兩個想法看起來很美……

憂鬱經常很天才，能夠挖掘，能夠
體會每一種幸福、學習每一種很忙的方式
以對付平淡平凡平庸；平時
人子一天遞給我一種運勢，我曾經以為
像我這樣的人生值得好好生活；

我一步一步逛到廟口，
把天空倒出來抖一抖，掉落一些金融，
壞而沒種。
我用最富有的時間條理最貧賤的日記，

原諒我一再寫對的
錯字；原諒我暴增禱告的次數，
我應該不存在，很抱歉——

我早熟，像秋風催逼的寶島水果。
我總是悶到跟自己笑來笑去，笑神
來了還是不來？我以高尚練習驢打滾，
在最壞的年代，
年代的背影蕭索，還好，意義長出一點點肉，
孩子們長出一點點美好的自我；
我經常忙著安慰早晨的公雞並且再三
確認太陽是牠叫醒的，讓牠喔喔喔
高興地繼續叫童年早起，
黎明踩過雪白的蛋殼去蒐集雞啼，有些
是夢，有些是生活。
我想我不容易對生命放手，
因為野百合頻頻回眸。

我國、我的鄉土迎面而來有時高速有時牛步
擦撞眾多耳目，
國號四海為家有一餐沒一餐，
民主走路的風度，變得很獸；餓了，人啖風土，
狂飲香醇的民情。
然而然而
我必須開開心心地不必什麼都想得開，
也能好好生活。

孤獨去去就回

我整夜落雨

雨歇，街角稀微捲起一片銀光

輕浮的人陸續飄至天空

雲淨化後是教堂，星星祈禱

散場時檀木椅碰撞聲調憂傷

我在人間遊蕩

找尋翅膀

如果不能飛

那麼小孩與夢該怎麼辦？

我乘坐青灰色的速度

一路上擔憂不可能的

一切，不可能再發生什麼了吧

都已經犧牲鴿子與黃昏

都已經努力培育信仰

以柔軟針對人間

我回身把親情置妥

我待清洗的智慧不多；守護的

尊嚴這些年來堪用的亦極少

可奉送，雨冉落就送出去

每一個日常我不逃

不讓自己遭幻象欺瞞

時光皺了我的眉頭

是否我可以靠幾封信深呼吸

呼吸愛

以及永恆？寫給你的字

像波羅蜜

每一回郵差的過程是菩提

然後等待。每一秒都是月臺

站一個全新的人

我站在這一秒不動

望著下一秒有沒有未來抵達

心急就撥電話給嘟嘟嘴的號碼

天堂是空號？整夜

直到今年

楓葉依然飄墜

經常我的孤獨去去就回

我的失眠，你不瞭解

我的睡姿經常縐成一團

翻身才發現我抱住的世界不怎麼愛我

我的思考一躺下瞬間凹陷

凹成深淵，再用一整夜爬上大邊

枕頭內包藏的羽類

碰見壓力就驚飛

歲數一旦入夜，悄悄變成爬蟲類

我的房間被鐘點注釋到很累

種一句長長的孤煙搖曳在荒原，默念

就失眠

奢望有詩澆我好山好水，我會好好睡

管他現在是夏天裡的冬天哪個月

月光睡得少並不影響肌膚光澤

夢根本不睡，照樣瘋得像小鬼

全世界的牀都被我吵醒真抱歉

我的失眠你不瞭解

你不瞭解

往事從天涯海角趕來，在深深的深夜

深刻地坐下來

時鐘的針臂指向月亮：看！玉兔玉兔

圍個圈圈跳啊跳

搗著安眠藥。無效……

因為我心喧囂。螞蟻的小腳，文靜

秀氣地行過我的神經

棉被含恨，恨不能將單薄的人生蓋暖

我很快地把自己的影子吃完

預備再戰一張牀

我的失眠方式感傷；偶然也有快活

然而睡前的溫牛奶救不了我

冗長的蒙田加一部波赫士加一匙熱可可

救不了我（我——不想被救了）

若是依舊輾轉反側
教甜甜圈性感地咬一口普魯斯特
結果，回憶更加飢渴

每個深深的深夜都要追尋一點點快樂
儘管，每一行詩再壞都比我睡得好
夜色旋轉橄欖色，睡不著
獨自舞蹈
旋即，靜止！——我展開成一株植物

我學會以疲倦的身體照顧不睡的靈魂
每一個身體都會找到自己的呼吸
每一秒睡意，就是一條美人魚
自月光中高高躍起
我的失眠住在海底，你不瞭解沒關係

聳聳肩

第十年終於獃住。

剩下我一堆，一堆被迫搬來搬去的知識與常識，

一堆灰塵，一堆老花，

一堆廢棄的年紀（把年紀搬下，它在肩頭超重）。

剩下愈少的我，愈多的工作，愈跳愈不乖的心。

剩下陽臺的紫羅蘭、金露、薄荷與杜鵑——

她們陪伴我，並不甘願。

剩下夢剩下的。

生日時三個願望合成一個：祝我永遠被需要。

一個又一個人走了，後面跟著的時光也走了。

無法改善敵人，無法改善

笨，滄桑，以及假牙。

剩下一個人在屋內。家事瑣碎地將我晾在三月。

下午四點以後陽光提前告退，像笑容。

MSN的暱稱每個人都冠上貓，

不確定是臺灣製造，

每個人的微笑都是牛奶、巧克力、草莓色澤。

上網搜尋久未相認的兩千三百萬學生兄弟姊妹，

亞洲、美洲、歐洲、非洲、大洋洲

以及南極洲不斷加入交談：

——打氣，抱怨，付出孤單

孤單的靈魂彼此消費。

溫室裡的地球容易感動流淚。

突然覺得這世界真閒，聳聳肩，兩手一攤又十年。

約好一縷輕煙，拜訪童年。……童年的我是誰？

打怪獸

明天會是今天嗎？

夜這樣豹氣

猛然一躍，充盈著力與美

姿態異常神學

綠之瞳有光啊，有光竟然隱晦

幕中，影影綽綽的青春率領一千隊敲打樂

攻堅網路世界

失眠是對存在提出懷疑的

清醒的方式

我在世界的背後如此賞識

一群古生物，正在趕路

甚至勇敢闖入鐘面，踏踏踏的風塵亂蹄

沒有一絲睡意

今天會抵達明天嗎？夢

想著：今天都已經開始了

而我還持續著昨天

故事逃得太遠又隔一層霧
不好讀。而花香扮鬼
寂寞似幽浮
冷靜的葉影突然動盪，在花前月下
蠡測園中的體熱與漸漸散去的人性

月亮很電玩。今晚妳纖纖之手
注定要穿過胸膛打怪獸
天亮前我的鼾聲如一座山寨孤立山頭
妳背對著品德，往天涯慢慢走

眼前所見，難以思索

神坐在臺階，

神情苦惱。

一頭受傷的梅花鹿蹬蹬蹬上了階梯，經過神旁邊，

（互看一眼，沉默。）梅花鹿踩過冬陽烤乾的枯葉，

走進這幢酒店廢墟。接著

一些神色自若的人民經過神旁邊；

一些地球官員經過神旁邊；

一些外星人經過神旁邊；

一些咬著橘子的豬公經過神旁邊（吐掉橘子）；

以上物種與神擦身，沉默地互看一眼。走進酒店。

接著，酒店裡有電視新聞的聲音傳出來，

接著，知名的A片女主角低調地走出來，

經過神旁邊。

神滴落一顆像藍色星球的淚珠，

水汪汪的倒影中，天堂躺在血泊。

絕望

天堂被壓到谷底了
仰臉，雙手交疊著
蓋一層枯葉、一層山嵐、一層叢林在身軀
原來天堂的養分這麼多
滋養谷底的飛禽走獸
靜悄悄……
探險隊穿過叢林
而時間是恐怖分子
埋伏，注視
一枝草、一陣春風搔天堂的癢
終於
復活了！啊，天堂
天堂一翻身，大字趴著，幽幽地
撐開眼皮，看見
地獄——
這才發現谷底以下還有十八層

傳統

我全然陪在愛裡，呼吸

淺酌旋律

生活不會自動呈現字形字義

我的人生已從昨日跨過一道菊花

與箭竹交錯的籬笆

涉入晨霧

斜風細雨提問：有春

料峭心志？我設想今天從事一番革命

卻繼續安靜，沉吟；

三餐已過

對不起的菜色，又再三

確認方向清淡是正確的。工作扶我

張望——臨風幻想

我正消失的，正是我想……

我想榮光我的理念與心態；

我的夢有禮而謙沖

一步一腳印專注地死，必然伴隨我

全力以赴地活過

直到對自己全盤體認：

真高興我錯估才氣，膽敢與生命爭執

謀逆……人間欲曙，我大動作起飛

神識絕對

清醒，也繼續可以感覺

銀杏

小雨輕拍小路不哭不哭

鹿谷一副深思

眉目年輕，自信

禮拜六韶光

隱跡前程

天在天外雕色紙

專注的雲影力透向陽山麓

旅人的傘金金地畫山畫水

畫出一圈二圈三圈

好個圓嘟嘟的夏末

歲月如山有腰圍

微微我有感覺

那銀杏葉活像恐龍鰭

隱約前世

再前世或許曾經熟識

而果實像經典耐心地等人年老

歸來途經東坡

小心的銀杏葉夾於詩

偶遇一束遠謫的長句

充滿關懷

此刻，孩子悄悄長大

我未朽尚堪用

沒用的夢在山中枯坐

寂寞纏得野而藤

小雨，小雨輕拍小路

文靜的毛毛蟲沿著葉梗子向上

啃草綠，啃天藍

銀杏長得慢且扎根深長

像親情

夏秋之交

發現孩子身上的時光

由綠轉黃

夜晚，星星都退到幕後

木質是我的心頭肉

山神太多

還怕愛得不夠

滿山銀杏，守護水土

小路偕小雨巧遇一隻母鹿

神態有霧

我的個性就是這樣牡丹

我的個性就是這樣牡丹
露珠們陪我出來曬一曬
心就懶洋洋、就香香
三月的微風早晨好多
好多夢歡聚
聚成一簇、一幢或一世
一世優雅
我的個性就是這樣
舌尖老是一牡丹一牡丹的
好話——皆大富大貴
人間下雨，恰巧人們下班
撐起一朵一朵的傘
在我眼中就像花一樣燦爛
煙火是我的質感
我的個性就是這樣牡丹

春天朗誦

春天，春天是我們交談的語言
綠芽們逗個點，面向天，謝謝人生賜予冒險
哈腰，扭扭身，伸展枝葉
有氧運動著這世界
我行走，我闖蕩，時時刻刻不忘
邀約童年，來！來跟我坐在鐘面，坐在
花與花神相遇的臺階
一起謝謝
故鄉：我的故鄉朗誦起來像飄香

雪花轉身遠行，我牽著晚景，拄著炊煙。走
走回那安安靜靜的美
天堂鳥啣來四個一百年，在春天，啁啾聊著：
好險好險

好險！一直有故鄉與陽光相戀，遊戲人間
微風是最可愛的意見：請春天，以夢養顏
若有失控的花園，遭時光侵略

春天賜予每一花朵三千種變臉
以面對、以消解，人生就該狠狠大笑一遍

我用一秒一秒重新餵花園，以香鍛鍊
打通莖與葉脈，以愛練拳，關懷每天啊每天
春天賜我以道路，只要前進一點點
生命就甜

春天脫下冬大衣掛在天邊
領袖皆煩倦，下襬軟綿綿，好風一吹
吹得劈劈啪啪奇幻成獸：
銀蹄，雪鬃，愛心，麒麟面容
跑起來春風
春風很野，將世界
交給人類，微笑交給每天，日子交給今年
一起謝謝
夢想：讓我活得像春暖花開一樣

玩掉春天以及其他

*** 玩掉春天**

是什麼讓時間更野，一下子玩掉春天；

是什麼讓歡樂緊閉窗扉，一株草向露珠滴滴許願；

是什麼讓眼光失神，滑落晚清瓷杯，

十年才爬到下午的唇緣；一縷煙，

遭天空打斜，

雲來雲往向來無所謂——真與美依舊向前，

除卻後悔，你不愛我愛誰？

*** 決定出發**

寂靜，在最寂靜的中心，

生命如節慶；

老天派遣小松鼠將我的思考咬破，

那麼多煙火噴出來；

一隻貓在丁香花和我之間

打個哈欠——像撐開的小窗，

看看天地展卷如紙，

我行走等同我寫字。

*** 激愛之後**

曾經我們跳舞用整個世界旋轉；

圓周上的小數點，是無盡的戀。

然而——

你有沙漠，以及夢；我有愛，以及經過。

曾經我們差一點活了差一點死了，

在一滴淚滴落的瞬間。

我們的夜晚如揉縐的稿紙蜷曲，

靜止前抽動兩下。

*** 大事業**

此刻下著卓別林一樣的雨，

像黑白散開的膠卷。

他坐在那裡想策略，

一個下午，避免感性與危險。

他坐在那裡想策略：

產品，人事，薪資，

以及渺小人生的進度。
雨敲窗，他無動於衷，
漸漸靜，雨停，
漸漸夜……
星星一盞一盞像宏觀的視野，
他坐在那裡想策略，
辦公大樓像一支蠟燭燒著夜。

*** 人間**

孤挺花走過額際方圓，
扎根於福田，譬如善有深淺，
無關境界。
花香淡淡教你怎樣寂寞怎樣美，
你不境界，只偶然純粹。
你學不會押韻、調音，學不會
布景，在這世界；你學不會
魔術——譬如
教月亮穿過你的身體……

你痛且大叫，

摸摸胸口是一團霧影；

月亮升天，化為億萬個鈴鐺繫於貓頸，

聲音叮嚀、叮嚀，忽遠忽近，

學佛不如學貓闖蕩黑社會：

貓比你境界，一旦抓到鼠輩。

秋風操作

秋風操作行人
步步窸窣
蕭蕭神色以兵馬之姿列隊了髮型
向八方

時光喘了，行至中途
思想微微涼，坐下
落葉三三兩兩
某種顏彩想要英雄、某種幽香
鍛鍊體魄
想要一舉攻佔秋色

晚風遞上月份
數字霸道真是太超過，我心
憂煩……燈火過勞而想念黑
和平在國與國之間仍在待業
疲倦多年
的新聞，不太快樂的太平

極夜又極色的靜

時代嘴角有汁

汁裡的油光爽而亮

我讀秋風

秋風挪移鄉土的方向

心紛紛

亂了方寸，遂刪一些計畫道路

致贈乖乖的腳

教它們愉快地踩空

雜事如葡萄成熟時

都秋天了怎麼工作成果嘗起來還酸

犯幾樁小人揮幾棍神功

算是運動

被什麼風吹來的人沒通知往事

我愈來愈像簡單歌詞

日子，日子活該

像撒一把彈珠自己撞自己

老虎闊步走在我的書架

幻象叼走常識與通識

灰塵都長鋼牙

紙質是傷心的蕎麥田

每一種語字都可能被弄皺

每一種孤獨都自以為是

群書吃老虎又發現大象

就吃大象

是幻象，幻象叼走常識與通識

是秋風操作！逆向

向我

憂鬱是傑作

被印刷在半面危牆

那是老靈魂的再生紙手冊

翻頁都是秋風

秋風操作，行人步步窸窣

蕭蕭神色以兵馬之姿列隊了髮型

自八方轉而

奇襲前額

捷運上，對答如下

我說：

你在捷運上打個盹，就穿過
高架橋和山洞，穿過未來。

你與時間一起放慢腳步看花看草看天地
看自己
多少腳印在多少年後回來找你討公道。

你每次都會搭乘問號或驚嘆號回到故鄉，
試著放下一些什麼，這樣教你安心。

你撿了什麼顏色形狀的石頭讓你口袋過重，
你往回走若碰到的仍是以前的你，
你還會再走一趟？岔路比正途妖嬈，
你禁得住露舔足踝嗎？

你拍拍世界的肩膀謝謝它，
它沒能幫上你什麼大忙。

你放慢，慢到終點到不了你。

多少年了你留在寂寞那邊，那邊好熱鬧。
你伸手穿過我的胸膛，
抓一把月光餵寂寞。為了繼續前進……

即使抵達終點，引擎發動聲仍不曾稍歇。
遙遠是為了保有你與自己最近的距離，
你的時代在你離開後仍堅持孕著你的小孩，
那個時代曾經抒情曾經殘忍，而那些
都單調地數位化了。

你的夜晚是圓的，而夢是長的。
你是否仍不習慣詩人這個稱呼並發現
其他更平凡的稱呼？
這次你願意帶世界一起走嗎？
你在捷運上打個盹，就穿過
高架橋和山洞，回到過去。

你說：

霧靄那麼老了還努力挺腰，

黎明怎能不練習早起？

早起讀經的心情像撞見溪旁一叢野薑花。

虛空在我悲傷時刻那麼體貼……

然而憂鬱無所不在，當我笑的時候更加清晰。

星星合力搓我成一條銀絲，

以縫合理想與現實。

新近粉刷過的家重新認識我清白的一面，

一切都變得簡單，日常而且

乾淨的字與室內，遂有一種境界

像人生起飛，

飛不出去的字擺在詩中

對的位置——誰都不能再移動。

太陽於隔天隨手要去了我的檯燈，
書架僅餘的書不是睡，就是亂翻。

我如果不主觀，怎麼射穿
你額上頂著的紅蘋果？
我的主觀讓我瞭解你，以及你的詩。
我打算跟你一樣最壞就是寫詩了。

你叫我的名字？我跟自己的名字不算熟
我自捷運車窗看世界如此簡單
瘦也簡單，一支竹就可以形容
鬍碴也簡單，但不像人間一樣草草了事

一列捷運一首長詩，
記下的地名漂浮腦海，字在溼掉的那面
呈現：
昔我之簡介，以及風光景點；然而
我繼續漫遊在世界的邊緣。

劇情

（情節之一）

公寓高高捧你
捧你在掌心，你在
四樓，你存在
沙發正吞你，你露出一截尾巴（恐龍色
復古風）
時鐘以恐怖片來回鋸你，你斜躺隨便它了
脊髓被光線拉成弓
你射向天空

（情節之二）

斜陽帶點瓷質品味
滑過釉邊。神經清脆，聲音甜
客廳挺住肉肉的夜
以食指逗弄貓，喵著宇宙
宇宙喵回去——有一個小小簡訊

棲止眉梢，牴住一把冷汗

我是否應該出去喚醒

睡了一個禮拜的車子吃些馬路吃點風景？

我的溫馴

被鎚薄，再燙過

之後淡淡輕愁

我獃坐到下午四點鐘：時光很鬼

很難捉摸

普通家庭

我家住在傳統市場旁邊、世界的
中央——我家門口小小爆芽
好花常開
日日盈室馨香，寂寞不常在
我家離孩子們的民權國小步行只要五分鐘
不必接送上下學
家長笑得比小孩可愛

我熨平一切遠見與近視，以便閉目
養神，舒舒服服地躺在普天之下
我說啊每逢放假
直立而有刻度的人們將時間放進破口袋
被禮拜堂解救的人平安地走出聖經
我的小女兒是其中第九章第二小節

我的家庭真可愛，長出桑椹小紅莓
甜蜜的絲瓜四條，蟬聲叫不動小鬼

老天對國際情勢有好大的火氣
可憐了南北極
極光形形色色地流淚
恰巧全世界的國會都休會，國小放暑假
桃花李花開在豔陽下

有膽的太陽跟我繼續上班下班，不吵架
以減碳
努力採用過去的日子與現在構成一個家
我的家庭真可愛，未來也不賴
每個白天之後每個夜晚
夢太輕而經常睡過頭
我遛完星座，牽回小島的天空

我家地址在一座小島
不在意世界是否找得到

榕樹下坐著下午

聽枝葉將我叫綠
蟬嘶將我放晴
喧囂起來的夏天向我走來
比蔭影還要提前抱我
我向後退，與天空一起向後退
退到世間之外

陽光以刀
分析洋傘下絕色的肉體
刀刀深入情慾
一陣風吹我離去

榕樹下坐著下午
仰望
已經國畫好的雲，猛然
把西北雨推下凡
狠心留白
白了頭髮又黧了皮膚的今年喘口氣

再努力

累，然而我會站上歲月

帝王般環顧世界

絕不小看美

與瞬間

卷二

臺灣追想曲

江湖外傳

師父，今天輕功了
寂靜肥肥踏上枝頭，猛一蹬！飛天
回首卻見
遠遠、遠遠的地平線走來一盞輕晃的燈
看似很累

月光恍神讓我以為
整部夜色都在冥思
星星全是穴位，乃工作痠痛之重點
暗香如夢
師父的眼裡一切皆空

今天我跟所有的上班族一樣要下班了
我很快樂，心靜如太極
偶爾火花一下又轉瞬即熄
那是正常的，師父說，青春也是這樣
人世間唯憂鬱可以大霹靂
可以大挪移——師父的才藝

孤苦無依

做什麼工作就會練成什麼武功，師父說
今天被昨天打敗
精氣神都沒來，繡花拳可賣不出一把菜
——師父說，工作應該產出要害
招招被搶著買
您老人家把最後的時光祕笈傳給我
教我劍術如詩，教我很瞎的野史
教我把劍磨成天剛亮的樣子

師父，江湖已經沒有了
咱們的葫蘆裡還賣什麼膏藥呢？

今天不打拳，改打地舖在天與地之間定靜
安慮恰似一隻金雞獨立
以鍛鍊絕世武藝。親愛的師父
您傳給我的是內傷不是祕笈

黎明像我吐烏血

虧我這般認真工作練習創意

罷了，罷了

放個長假讓我帶師父走一趟當今武林

咱們走走走，城市馬路一旁人性，一旁

人行道。師父瘦小但膂臂黑而熊

您需要更大的勇氣

每夜安安靜靜假裝成不會武功的小島嶼

被海浪打，被大陸型氣候修理

江湖八卦鬧紅快綠，快滾人生行色匆匆

凌波過小河，雙足落定，竹林叢後傳來

一縷香，師父，咱們去探花？不行不行

師父罵我工作老愛耍玩一把多情的飛刀

檐前銀鈴如忍者，忍不住變出小叮噹

我嗅到了，我嗅到一陣淡淡的古龍

然而然而

夢工廠為秋風所破，新夢殘夢如柳絮

師父沉默！俠者任時光於經脈四肢

殘忍地漫畫之，卡通之，遊戲之……

把江湖對摺再攤開

師父，咱們得立志寫武俠了！哎這世界

用寫的，比起用整個人生煎熬的

畢竟容易許多

俠氣從嘴裡吐出、從筆端爆射這般壯闊

咱們師徒只是當代撥亂反正的一小撮

師父以遠古的真功夫擊潰當代文字

但又怎樣？倒不如我小小編輯與小說家

跟在您後面聯手用涼鞋偷打天下

在下憂國

你出拳招呼我

呼呼呼我左傾的要穴有缺漏

致命關頭

信念來得正好，挾狂笑奔出

身形晚霞而心是鹿

離死前尚有千山萬水，你假意收束

掌風餘勁仍威脅到世間

風骨獨立，顯然我有危險

面對面

你縱身如經濟起飛，我內耗青春歲月

互餵六十掌

以命肉搏傲岸

遠方，和平叫得像狼

錚錚錚愛恨彈正氣，我欲掛劍

安頓島嶼

以四百年心法鍛鍊自強不息

離死前尚有自由、尚有我倆隔岸

對望，安靜如淬毒

我的地理不等於你的歷史

多年來我默默練功，靠多元開放

以養氣；以民主，微悟半壁國風……

如此交鋒

對不起，誰也不願意

你我教養不同，性格礙難統一

一句細言，如鞭

長度約莫戀人的腰圍纏我慾念

請別那樣狠狠要我愛

離死前尚有十面埋伏，內力逼出傷心

一點點

我與你確有前緣

跟我過不去的你咻咻咻出拳

而時光

架開你我多年

在十月與觀念之間創立各自的慶典

你是雲煙，舊情綿綿

只不過恰巧我倆有共同師承的語言

對招下來突然覺得好疲倦

立國精神

「人存活的終極目的，就是不再害怕。」
——伊塔羅・卡爾維諾《蛛巢小徑》

生命的總綱走出幾行要旨

像一隊赤腳的孩子走出一行一行

那是阡陌並非條文

陽光抹掉地方與中央的劃分

抹掉心境與國界，抹掉

淚

沒有主權需要宣示

都只剩下愛了

何況愛的位階高於開宗明義

自由，不跟著地球自轉公轉

你愛我和我愛你是我們的職業

規定人民快樂，而且

保護孤獨，在花花世界

對孤獨要很專注才稱得上民主

依此原則檢視：

人權。愛是立國精神

此外我沒主張

生存條款
是一切個人與民族永難平等
所謂民有民治民享
之那種民主
乃基於我們可以幸福
可以簡單生活在天這麼黑
風這麼大的世界
風一吹就有百千億的膚色與花語
飄飛
然後隨喜歸類

不景氣

街上行走的人看起來像字字句句
鐵製的夢是一些公共建築已經
鏽蝕，蒼老；而月光劬勞
還在努力油漆
自產業出走的零件與軟體
持續被迫休息

今天他來，把難過說得很生活化
他耽誤創意，由於
太費工夫在小人與盆栽之間閃避
他在零的表面削皮
他料理自己時被數字燙到
像扛神轎蹈火者跳來跳去

減掉一些品質，促進他苟活
他並不想與這世界有過節
長長的街
冷空氣有毛邊，霧漸漸籠罩又消散

他站成一棵山櫻樹
樹葉背面發現有愛有童年被書寫
字，漸漸枯萎

他躺入風。風剝除假面
一層又一層深入至三月
剝出一座山色，綠化他的心田
紅花與骨色枝幹爭辯：
人生很難講到底會怎樣。眼見
神情焦灼的金融站在對街
彎角，像一把劍

開會了

之一，

右側游過來的魚群似要交代什麼
什麼泡泡，左下方水草很兇
空間都是水，浸在水中的會議。
魚以舌去舔牠憂鬱的事
好話壞話統統沉落
我的建議滑了出去順勢纏繞新愁
閉嘴時必須以齒輕閤，雙眉斂翅
淺笑，看上去猶有水水的春光在唇緣
危險！匆瞬間啟動腮幫
假裝生氣卻是可以
基本上點子不可游太遠
以免擦撞別人的臉。把身體傾斜
似睡似沉思，不斷出神以養正氣
騰空問題，讓自己快樂
熱愛敵人，但不必尊敬他
在沒有生命危險的前提下把會議
開完畢，順便活下去

之二，

掙扎僅限於蟻窩之內

我認真懷疑還有更多個世界在蟻窩之外

偶爾一絲燥熱的風飄入洞口

像誤闖死穴

蟻群之間自有大道，各位：

微小的典律，意義，以及價值

唯真理如此巨大

唯螞蟻如此命蹇……我掙扎

卻無法撼動一根毫毛

小小的蟻群囁嚅：一生革命

奮鬥，於小小的蟻窩之內

不為人知——總之

會議蹬了我的頭，躍上天空化作飛鳥

鳥在頭頂盤旋一圈五圈十幾圈

突然滑到圈圈之外

等我絕版

——二〇〇八年七月讀大荒《存愁》

絕版詩集們依序上天堂……但是

首先他們必須被讀，讀後生愛

才送給一幢雲端小木屋。神說：身為神

並沒有外界想像的那樣神

在不景氣的年代

務實為時尚

喂，天堂嗎？請找大荒

這天我想跟他要一些字，以參酌

家具擺放的層次與位置

以超現實指導風水，以符籙

安裝網路

我的人間新居合該誌喜

系統櫃完工，我急忙將冬天整個塞進去

骨董桌上窩藏三十年的酒漬

還是沒搞懂酒杯，反正

人間清醒後也沒弄明白曾經與誰喝醉
木質地板的紋路是亂世大笑突然凍住
我向客廳靠窗借三分之一作書房
我的詩需要吃上噸的光
書架上沒有一本情操
管他愛恨全書，我有自己的性質

安置家具跟打理思想一樣累
累了我坐在你的絕版詩集第三十七頁
突然時光亂飛
喂，喂喂喂……請接天堂，我找詩

詩人或許不在，絕版詩集有在
在，就不愁了
愁了就不對了，其實人生挺爆笑的
你的詩讀我，讀到天翻頁
我的人生霧霧地散去
我遣一隻孤狗上網追緝你的名字

牠咬回你一根骨，一些詩

其實你解散的名字黏在郵票背面
你用一生忍受那鋼印一想家就咬你
你的詩集字體真瘦小，影印，裝訂
在創世紀發行。每一句看起來是巷戰
神色驚惶卻勇猛
我必須橫躺身子架在句與句之間
讓你的憂愁列隊踩著我渡河

詩集裡訂正的字跡，以手寫；你自費
出版中年，依然害怕故鄉闖禍在心內
交代歷史務必用現代詩鍛鍊忍術
但是，勿學暗器以免傷了心

忘記出版你的這世界如今也不景氣了
近日高溫，臺北悶到把政治全打開
話匣子也在榕樹下打開，篩下小甜甜

爽亮亮的，紅的藍的綠的新聞

又有新政府來叫吃飯囉，難得今天飯桌

有靈有肉——突然你記得

當時年紀小，一母親傳呼一母親

抵達餓慌的大荒

靈魂早已通航

詩生來飄蕩，怎會有兩岸

你的政策是用字減碳，環保你的愁

你在回家的路上曾經失手

痛揍月亮……我謹記別去摸你的故鄉

我怕槍傷

喂，我要留話：政局這般醬料

如此沙拉，不吃也罷——聽說你

蘆葦了、漁舟了、變成了微風向晚

聽說你剪取半江水載走那些史上超重的天使

輕的留下，卻被錯愛成詩

詩等等

等我絕版。喂喂……你說不確定有天堂？

我在這裡，終於騍奔

「我是善良又誠實的破壞者」 ——楊柏林《騍奔》

我是經過很多次荒廢的戀人

親愛的

我要成為藝術家，即便在A片裡

即便是A片裡勞苦的小道具

我在這裡（註1）

全騍，身體全錯

沐浴後再度對著攤開的亂世射出一篇草稿

我說——赤騍是我披荊斬棘的鋼刀（註2）

妳不要怕不要怕

我種在妳身上的是一朵雪蓮花

妳是我唯一描對的筆劃

暗夜我的名字在後面追我：喊著

我要我還要，親愛的我要

成為藝術家，即便被恨

含著……吮著，舔著夜色

亢奮，頑石充血

我的喉嚨裡奔出一匹荒野

荒野中疑心病的灰雲將水氣趕向人世間

雨滴跌碎

遂憬悟有身體真好，好用來

愛，瘋狂，希望，以及無限的喜悅

土地是我的躶體

光陰岔開分與秒修長的雙腿，我駛入內容

深入親愛的——那彩色的沼澤

我心動盪，我夢搖擺

月光滴落來，島嶼直起來

在每個野生之夜

夜夜被鑿刀催情，被美雕刻

我不管我不

管了我要成為藝術家，親愛的

我愛我的精神狀態

它破壞那個鳥時代

慾念像總統蔣公銅像一樣又硬又挺，又

微笑又拄著一根什麼……

什麼都冷感

除了對妳跟對藝術一樣饞

親愛的親愛的呀

躁鬱是我的靈糧，我的故鄉

如何我能將一切鞋音握在冒汗的手心

如何我能將妳一路吃下，從抒情到發情

如何，不管如何我要成為藝術家

即便天色如刀，劈我斫我！

妳的愛半開而我全裸

夜市般的狂逛妳，如同環島我的國

妳遛我如狼狗

我是經過

經過很多次荒廢的戀人，親愛的

我在這裡像藝術一樣地宣布高潮

而且很高興妳要！妳要妳還要再一次

又一次地跟我躶奔

註1：「我在這裡」是楊柏林2010年個展名稱。
註2：「赤躶是我披荊斬棘的鋼刀」引自楊柏林詩句。

現在播映：色情

有一種影音愛妳愛妳

露點，叫隱喻

遮掩，是暴力

一陣薰風拂過心頭

夜燈像少女，祈禱，上牀

休息。靜靜看妳愛妳

置入妳，以正版軟體

讀遍全身，詩意

狂奔，喘得像野馬

黑眼珠是野的馬的

有聲音嗯啊怪哉舔耳根

一句愛妳愛妳滑倒了

順勢，凌空振翅

我的青春小鳥一去

不回來，可是可是：

說有光，光就來了

說有影，影子斜了

說有色，色就空了

星星親親我

吻遍四萬八千，口沫

滴落神祕的小宇宙

香氣拉長一聲我愛妳

當地底的根莖觸及

百千億，啊，愛妳愛妳

妳也有溫柔的說法

說那萬法列隊敬禮

熟悉狙擊，偶然

誤傷愛的麋鹿

遂放一群精子再度競逐

意象深入，亦可淺出

多媒體反身咬我

用力頂撞我，我已瞭解

生與死的交會，那境界

酸酸甜甜！妳的齒痕纏綿

像十六釐米膠卷

接下來：創世紀

（第一天）
陽光生下一個孩子
以黑暗為名
每次哭泣都閃現瞬間光芒
（第二天）
時刻到了
黑暗跨出一步
踩到鬍子
（第三天）
黑暗兵臨城下
眾神互相推卸責任
不想點亮黎明
（第四天）
天亮
黑暗重新受孕
戀人是誰？
眾神為何臉紅且躲得遠遠
（第五天）

黑暗也可以倒掛金鉤

像蝙蝠

黑暗是夢

體重近乎一隻蝴蝶飛過

（第六天）

枕頭受不了熟睡

枕頭只愛失眠者

愛其輾轉反側，愛其

揉、矇、搥、咬、吻、撫、抱

口液圖騰其上

鴛鴦戲弄其間

黑暗受孕後即將生產

（第七天）

創世紀之後

黑暗長成一株童話

取名為陽光

自此：陽光與黑暗同在

我宅

我從不知道黑
黑可以用這麼肌膚的方式摸
我從不知道白，白白愛上的夜驀然
回首，輕得像黎明前一抹青灰
帶點懷舊古錐

開墾樂園無怨無悔，我介入並非
逃離世界
我宅是蒼老樹身內的洞穴
穴內繪有飛天、心內有色界
我吃音樂，喝夢，細細咀嚼
一些白天一些黑夜，定義
一些孤獨：我心舒服——

我宅有爐，爐火賜我以仁厚

我宅有網拍，有盆栽
盆栽裡的花剛剛跟花圃分手

不作聲時像恐怖分子
我宅有人在，有愛
愛剛剛離開又回來

我宅是一種遊戲
用遊戲下載飲食男女
務請小心上帝以及情趣
我宅養一些習慣，寫一本曆法可增刪
一窩醒與睡像爬蟲
臉上有來自火星的憂鬱
眼窟深得像蒼老樹身內的洞穴

我宅拓建成一種態度
智慧不住高處
高處很危險，那裡太多觀點
最重要的是安頓自己如安頓家具：
桌椅是夢居家以後，牀是雲疲倦以後
空間是時間轉身以後——棲息的國土

我心跨越國土……

我宅有爐，爐火賜我以仁厚

人際關係當然有關係
人在降價，物在升值……甚至
必須憑添一些曖昧以穩定智性
穴內有運動
我宅燃脂
有效地瘦下來以保持思想的品質
保持心靈純美，並確定不穿正式的服飾
以免人生太過體面
以免我太靠近人間

我的丈母娘是深綠

——記二〇〇八年三月二十二日總統大選

昨夜選舉結果出來了，

下雨如統計，淅淅瀝瀝；

有人說是天降甘霖，有人說是傷心淚滴。

今早我在陽臺修剪兩盆麒麟花——

那是丈母娘送的，花很紅、她深綠，

她心情不佳但已無關選戰大局。

國家今早醒來，繼續做他該做的事；

千千萬萬的愛恨吶喊，下成一句

新聞標題。誰勝誰負光陰從不算計，

我的深綠丈母娘繼續

張羅三餐，刻苦持家以及定期繳貸款，

她全身痠痛像這些年的臺灣。

國家向晨光慢跑去，

一是左腳、二是右腳，左、左、左右左⋯⋯

公車依然忙碌，物價持續攀升，萬物生長，

在淡淡的藍天下，
有夢一步謹慎一步，彷彿聽聞
兩千三百萬個寧馨是聚繖花序，相互
擊掌——

我深綠丈母娘的信仰比夜溫柔，
而批判比麒麟花的棘刺尖銳。
選舉當天，她透早燒香、祈願，深情而專注
如戀人迴向給愛。
她那一代，試著忘卻難忘二二八與白色恐怖，
難忘被吃夠夠的往事。

丈母娘是深綠的，老是看不慣藍的，
可是選舉結果終究出來了；
看不慣——也不一定誰對誰錯，
世間很簡單，只是有點煩；
再看不慣，那也是這土地有民主的好習慣。

我的丈母娘是深綠，她很憂傷，也很勇敢，

昨夜失眠，今天依舊早起洗衣買菜，與人為善，

她鐵定會抽空監督藍的（擴及泛藍的），

她照樣會是深綠的，

總之她對臺灣是認真的！

臺灣追想曲

突然陰有雨　雨　向天下
對不起

啊　黎明有光　神色芬芳
窗臺一隻凸眼蜥蜴　對玻璃
喘氣
早春一男一女
躺成兩岸
望著窗外的天光

雲影　舊情綿綿　攏無話
春天嘻哈　搖著一枝花
嫩芽
深綠淺綠不綠　色色勃發
親愛的土地
雨後泥濘一踩軟趴趴

一把老月琴　裝飾在慘白牆面

一張功夫熊貓 海報了淋浴間

早春一女一男

躺成兩岸

望著窗外的天色 深藍淺藍不藍

早餐是蘋果 奶 不笨的蛋

經常三明治

偶爾燒餅夾緊老油條 以及

迅速一吻

起身 驀然回首

看見兩顆心還賴牀 斜躺

情慾再次高漲

牀下

拖鞋四隻 各有方向

我極小的島嶼頒獎給誰

用眼睛比賽，比賽小看或看重誰
用耳朵比賽，比賽聽不懂或裝懂
用觸覺比賽欲望
用很弱的身體比賽健壯
用創建一個國家的方式比賽力與美
我極小的島嶼能夠頒獎給誰？

這一切乃時代這孩子變鬼變怪
上帝不玩比賽，只喝采
但是可愛的地球啊別滾開

用露珠比賽不踩草皮
不擅闖稱謂、眼淚與地雷
閒人都回到子宮比賽，比賽誰是
誰的民族，誰痛風
誰正統
用尊嚴蒙著眼，用不相信比賽信仰
誰誰誰怎會從後腦一路忘到前世

追追追速度搭乘一口氣，衝刺
騙術不是國術
禁止納入傳統比賽項目
我極小的島嶼偶爾發怒

用大創意或最意外主張和平
陽臺沒什麼好眺望了只好失業
之後夥同每個晨昏吃澆花的人
春神舉辦吃寂寞比賽，一瓣接著一瓣
比賽地老天荒
荒蕪比賽誰最青春
用小孩比賽老，用形而上比賽跳水
用舉重比賽輕輕放下
用旗桿與孤煙比賽道德直不直
直到不能掛上自己的國旗
用夕陽比賽那個跑錯跑道的國號
用多數沒人睬，比賽少數發獃在看臺
用心比賽，然後

我極小，極小的島嶼頒獎給誰？

我一直心內有暗算
何必這樣功夫地討好全世界？
用比賽以創造戰場
比賽恐懼、醜聞與經濟；
正義比賽抗議
夢受訓不夠臨場表現變做一場白日夢

比賽貪婪
用廉恥蛙式，清水撲通、撲通濺開了
離美很遠的地方有數盞夜探燈
妖綻得白花花；花有形沒有香
香被盜走留下花
今天在家插花一家人
把電視新聞從四樓推下
比賽八卦哇哇哇，哇得一臉死相
午後雷雨，每一點滴比賽響亮

比賽哪種死法最接近佛法

面對比賽，幸福比災難緊張
青金石比賽誰色，狗兒小黑與真相大白
比賽誰靜。防守才是愛
然而愛，沒有攻擊就沒有比賽
無與有聯手做了一場簡單的發言：
宗教宣導彷彿和平鴿養來啄啄米
我極小極小的島嶼
求美者多，求善者少
比賽葉子落下的下一秒與前一秒
哪一秒看起來不妙

最狠的是忘我，比賽忘我
比賽剔紅的眼、瓷亮淫淫的鼻頭
釉了心的壞蛋，來
來進行一場壞蛋比賽，贏的得到
又燙又可惡的善意

比賽結果有時氣，有時顛倒歡喜

然而，然而誰頒獎給極小極小的島嶼

採訪紅毛港

我曾經採訪紅毛港，以激動的浪
報導；以拍照
潛入滄桑
海風稀微地靠在年輕記者的肩膀
當時青春，滿臉新聞，相機偕同硬頸搖擺
比真理還跩

聚落選出的喉舌繫上好長一句抗議
白底黑字的布條如網罟
拖拉一群吶喊，繞過中山圓環
向議會……如今市議員們帶頭變老了
如今公理與正義都有些年紀了
我的報導，也歷史了

此刻家園化作青鳥，撲翅，沖飛向天
俯瞰海埔新生地
漁人收拾草莽，面對細節；以悲以喜解除那些
那些日子被禁建

幾乎四十年

野生的晚霞，群而不黨；而海風吹來
飽含骨氣
紅毛港的每一個眼神都可以擊碎往日時光
浪尖如刀，絕然
一刀抹天，天邊橘紅如魚卵

這次離開，留下建築與人文給後代
切記座標位在東經22度，北緯120度——
愛是小港；時間是大船
大船裝載三百年風光

紅毛港用船寫字，邀大家開心讀：
天與地一上一下搖櫓，渡過黑夜划向日出

澎湖之歌

a. 小島

種在紅珊瑚裡的旅行，逐漸

逐漸強壯且終於爆開

一大群的丁香魚，竊竊私語：

白浪最愛蒐集觀光客的腳印

藏在螺貝裡

而快艇像海平線溜了手的十七歲

將海藍追到滿臉通紅

無人的小島種在我心中

b. 望安嶼之花宅

很少捕撈時間

陽光也沒耐性咀嚼老屋了

海風大口大口喝著回憶

一條小巷攙扶一條小巷

踉踉蹌蹌，啊落日醉了，也好

免得老是倚著堤岸

望你平安

c. 望安嶼

仙人的腳跨海而來

衣帶新鮮如紫菜

長髯是一冊生物學，被風翻開又

闔頁，喔，發現一群綠蠵龜

和仙人面對面坐下：

一些傳說在此產卵

毛玻璃的桌上有酒有夢，而周遭

科學孵出一窩世紀末的人潮

d. 天人菊

摩托車隊襲擊陽光

季風的舌，槍殺小船

你在玄武岩的縫中瞧見

戰事燒遍島嶼的東南西北

你飲著眼中的鹹味

笑出一張遙遠的、美洲的臉

你跳舞，以鄉愁

以強韌的根

e. 吉貝嶼

金黃色的，喔金黃色的

夢，翅膀，漁網和金黃色的口音

沙灘及人性，金黃色的天空……

我是藍的、懶的。

f. 風櫃

我只是磯釣客，在岸邊

親睹落日在玻璃容器中爆裂的恐怖事件

戰慄的網流血——這是欲望自我的

我也沒啥話好說。

但風箱自我的腳底鼓風

驚心動魄

於是我像熱氣球飛起來

飛起來有啥好笑的？只不過是

被上帝誤釣的一尾生氣

生氣的河魨罷了

g. 浮潛

陽光脫掉下午兩點，跳下水。

奧祕包圍著我

冷冽吃我

我是熱帶魚被軟珊瑚調戲

夏天救我

卻不幸溺斃

h. 島和島

六十四刺客狙擊黑夜

盜走淒美。

他們的腳步如霧，自觀音亭

向八方輻射。

他們同時放冷箭⋯⋯

黎明醒來，沿岸的魚骨和星子

全被欲望掃進七月

刺客換裝，披上海，照舊和飛鳥

上餐館，濤聲一派無事模樣。

然而夜的背部九孔、臉如魚乾

裸體是A片的綠牡蠣……

i. 飛散之嶼

那陽光是高中男孩或水兵：

愛與海浪打架的一群野性。

無人島，我們叫他班長

班長吆喝男孩和水兵

集合——散開——

散開後就沒有回來，彷彿

那年闖蕩的青春

j. 蒙面婦女

早晨四五點起牀的島嶼。

九點入睡的汗滴。

夜半夢遊的小船。
自給自足的生命啊
風景追著風景在單調的蜂巢田
一隻黑蝴蝶停在石礫堆中
藉由陽光的反射，照見自己
霧的身影

k. 浪和浪的對話

回頭，我突然看不見腳印
霧散開以後看不見
我。

建議你快樂地活下去
倘若睡不著的話……

我們拱起的背像神祕的
筍子，必須及早品嘗
現在用挖的，老的時候

用砍的。

1. 絲瓜或者哈密瓜

別在我耳根吹氣

請躺進我的眼睛

醒來就在我的四肢戲水

一個字含在嘴裡，這世界

就融化了

讓我們沉默在詩句盛產的季節

嘉峪關

長城在時間之書畫線
你是我的重點
大漠戈壁沿途猜想，模樣歷史
神態悠久，這樣仰起臉
眺望著天邊
果然風霜就在前面
前面淡淡有輕愁
我乃移動的綠洲

書本外就是塞外
人生，沒事就策馬去愛
長城指示方向必須正直，而我
渾身速度——途經烽火臺、塊壘
以及斷垣殘壁
是誰發配光陰充軍去
青春如馬蹄
踢踏、踢踢踏，踩傷憂鬱
而落日一路擦掉城堞

孤煙梟得像一尾活龍站著打瞌睡

天上的雲尖叫下不來
我爬上嘉峪關勸它
要它沉思，反芻，繼而認出
世間熙來攘往其中一人緊握手機
以及一截掙扎的短信息

風在吹，一條絲路狂飆
逼近胸口後面的傷口
差點滑出中國
長城是時間的老手，眉批
三兩句，再圈點過去是一闋陽關
狂野的懸念草長馬壯
嘉峪關，神色悲傷

西安明信片

⊙兵馬俑

我可能是唯一的女性兵馬俑
雙眼皮的美人
他們研究推斷以上所言不可能
然而真理埋得太深
深處的我體內有一顆種子
地震時，我感覺到了
那時我正在寫一封陳情書
（盼望立法保護女人愛的方式）
震央在心
我心一橫豎，種子就裂開
歷史再大仍是一個小孩
不會瞭解曾經一位女性主義者
所主張的和平——至少
不要挖我所隱藏的快樂
不要吵我的憂愁，不要
不相信

⊙華清池

貴妃雕像

體型雕得不像

髮髻上棲一隻小麻雀

轉述貴妃的思考——

沐浴比歷史有趣

愛情比長安真實

詩用來煉乳

男人當作無聊的下午

⊙朝代

除卻燈光與美食，就是民族

我即大唐盛世

面對一群碎嘴的想法來擾亂

天上的飛鳥是頭痛藥

歌舞為流質，夢一壺

來吧乾杯

我懷疑孤獨是否硬朗

城牆內外

比早晨更早的陽光

比歷史更老的明天

是誰把文字直書橫寫地監獄著

規矩我的生命

暴力了美

⊙大雁塔

時光是斜躺的

那種慈悲

最欣賞最無意義的下午

佛號繞著大雁塔

陽光很豔

我最甜

鐘很久以前就響過

想累了

這一次不打算永遠

陪罪

⊙我的歷史課

慢慢熟的五月

時光抹過髮蕊

香我一下我就來

我來必然我要走

請飲用點點滴滴

請將眺望撤離

留下月影

最後一次告別

愛

我靜靜的在

射箭比賽

天空與微笑之間，海浪猛然弓起
而箭，在哪？
三十三船的夢靜靜地駛入港灣
以在野性格
競賽
愛河弓著，箭在哪？
柴山弓著，箭在哪？
未來在高分貝尖叫，歷史聚過來啦
陽光的口音一直線，非箭！
你說、你說箭在哪？
黑潮的筋、草莽的肌，以及
政治欺負過的沉默皆凝成千軍萬馬
於深瞳之中狂奔——戛然
靜止……那呼吸靜止如緊繃的
弓、如退役於海面的左營戰艦
而箭在哪？
在哪？
啊，野百合定靜安慮的蕊芯是箭：

鍍銀鍍金鍍上孤獨就要射

向人間

上班族真理

——多年以後

王真理小姐，她下班後閒逛空中
一圈，然後在無名的站牌
等待一艘玫瑰色小船
小船駛過雲和天堂之間，駛過
尾隨與超越的時光之間
那時世界小聲小聲地浮在空中

主觀或客觀、相對或絕對的人們
都愛真理
真理小姐有時很幸福
她搭上玫瑰色小船，偶爾俯瞰
下方一座島嶼，又將
目光拾回，專心閱讀自己身上
剝落的一日：數字，毛病
以及詩

真理的眼神突然叼著光，叼著

空與色，飛入雲端化作：

大象雲，藍鯨雲，駱駝雲

花豹雲……當時大隊野馬雲

疾奔於空中，一個大轉彎

迎面

雲和雲撞成彩霞

真理的韻味因為朦朧，所以美

夜色像尼采，一切思考靜靜坐下

玫瑰色小船一艘一艘駛過

諸神靜立船舷，自在

從容，像真理小姐的信仰

然而真理到站沒下船

支撐人形的骨氣

對世界不離不棄

夢踟躕於大光明到來之前

一滴露無聲吊在她的髮蕊

不是隨便一個真理就能養活許多人
島嶼太擠了
王真理小姐以及主觀或客觀、相對
或絕對的人們搬到天空住了多年

此刻，星星一點一點亮了

一切建設往空中發展
空中花園空中酒店空中公寓
空中戀人——所有的愛
飄至空中就變得很小
島嶼的地面除了用來上班之外
只有政治活動
政治成為島嶼的歷史遺產
珍貴的觀光資源

真理不結婚

但是確信依然有主觀或客觀

相對或絕對的人們等她愛她

她花更多時間讓自己活得漂亮

王真理小姐是迄今唯一被愛

被接受的

女人：籍貫臺灣

臺灣的天空提升她

真理擁有簡單的呼吸，簡單的

白天與黑夜

第一個真理終於出現了！島嶼說

下一個真理將會更簡單——

一艘玫瑰色小船，至美至善

以飄蕩，將真理載往

普通人性

卷三

中場休息

日誌詩

◎星期日獨處時光：〈涼涼的〉

涼涼的，這個人不是秋天，就是薄荷

這個人是一個禮拜七天種不出來的——

一株搖曳的風骨在葉子們離家後

才長出寂寞

風輕微說些什麼，在汗與肌膚之間，涼涼的

鄉愁似的這個人好靜

（好神在按門鈴，鈴鈴、鈴鈴鈴……沒人回應）

靜靜的這個人躺進夜色

夢是一朵吻飄落眉頭

這世界早已不像愛情了

◎星期一心神不寧：〈意外〉

她撩了一下秀髮

為了一些可能的

不美

從髮根開始

指尖接觸汗與香味混合的頭皮

順著黑黑的髮莖

順著白白的頸項

有靜電亢奮地吻了她的指肉

她嗯啊一聲

再順著髮尾

到達分叉

就放手

讓秀髮無依無靠像戀人一般

飄落，一剎那……

如果當時她不撩了那麼一下

為了美

而分神

意外就不會發生

◎星期二收發E-mail：〈好一點〉

現在就要對彼此好一點

花香久一點

對他的壞也好一點

就強壯一點

就有時間仰望天邊

彩霞不會突然扮鬼臉

眼角被燕尾翦一翦

笑容多一點

微風吹一吹

生命的美在於不斷有風險

小事像可愛的松鼠

跳過今年

如果對他好一點

他會改變世界

就是現在

別等永遠

寫長長的信給他

請他培養孤獨

給他新的承諾

以後要對彼此好一點

廣場的煙火過後

他變得很輕很淺

只剩想念

◎星期三全天會議：〈檸檬色〉

檸檬色的月亮俯瞰檸檬色的女人。

我唯一的記憶得靠上班時的領帶束緊，

我唯一的希望得靠迴紋針別起來。

風被屋角割傷，血追我。

我向這條路奔跑會不會到達一個好地方

適合夢在路旁坐一坐？

然而每一隻窗都向我撲過來，像寂寞。

疲憊至極的牆，掛我唯一的記憶、唯一的希望。

月光斜斜如刀，割我一道一道，

直到我也成為檸檬色，死前酸了天堂一句。

◎星期四心情佳：〈茶〉

水滾。世間一陣薄霧

而窗外鎏金一笑

一笑就許多年過去了

輕啜人生，茶味還在

唇燙過、舌根香過

對後來的事就更清淡了

那種有無之間的甜

像一朵雲輕輕飄過這世界

摘下一簍子的春天

不如杯中沉浮三兩片

◎星期五很忙：〈會議時刻〉

把時間吃光光的暗室

打個飽嗝

突然大叫有鬼啊有鬼

喉音意味深長

驚悚的投影，重瞳似的回音！

年齡在年輪打坐為了祛除雜念

悉遙聞好事壞事，那是

菩薩要揮別的人世

椅子的肥脂積成一噸，頓悟

一張蒲團模樣的市場分析圓餅圖

左看右瞧，嘿，菩薩睡得像一條

微笑曲線；一切職業

劍客們不賤不成仙

圓桌的邊緣有夢走得好危險

來來來同事們來訓練，以仙

鬥鬼，鬥完好好睡

至於經營哲學

與美，不容易體會

經常我們面對面認真地傻笑

有結論時當下獃掉

◎星期五晚上思考：〈管理學〉

於是回到某個小小而獨裁的領域

為王

麾下無人，我只負責良心

時光自水滸傳喊殺地衝出來

像一群綠林好漢

不聽使喚

◎星期六閱報：〈說你色〉

你將身體穿得太大，

小小的官位坐不下。

你握不到國家的手，

不小心握到就觸電。

百姓在你身上刷卡、

投幣、猛親……你

你老是那麼幸福也不好。

經常消費，而且

付出了愛才知道世界

不那麼美好。

最氣你姿勢不正確，

喜歡從社會的後面。

◎星期日正常且晴：〈像愛那樣一個字〉

空中飛的那個字，蒼勁有力，最後一撇像銀絲。

拉住銀絲，心既想放飛又想拉回，

慢慢鬆手讓那個字遠颺，半途，絲線開始焦慮

猶疑緊繃，以無限忍力一扯，那個字翻轉尖叫；

卻教手輕輕放鬆，讓它飛吧，飛吧像種子飄飛，

愈遠我心愈輕，微悟攀升之際，

心有不甘，於是寸寸收回，像一條銀絲綁在

支撐起的竹籠為誘捕啄米的野鴿子。

一扯一收，天空驟然拉近眼前彷彿

突然被鏡中的自己嚇著——將愛拉近，這樣

我就完整了嗎？若是硬要

將愛嵌入身體如同插進一把古老的鑰匙，用力

一扭或許身體就碎裂成殘骸了……咦？

那個字又薰然旋舞而上。我以銀絲小心打個

隨時可以鬆掉的蝴蝶結勾在指尖，決意讓它趁機

飄走；如果愛，就懂得離別應該輕輕的。

◎星期一感情用事：〈朗讀〉

一隻大好日子

咬妳——夜擋不住

月光哀傷

妳斜趴書桌上，神情安詳

幽幽淺笑勾搭暗香

植物請花精靈

播種，以根莖

纏繞妳的雙肩；

朝向思維，一步一華年

枝葉美妙地靠近光源

突然妳從書桌站起來變成

一本好看的書，翻頁就翻亮一天

日子像狼群衝出：啊！別咬

請用讀的

妳比愛情耐讀

妳在我的舌尖拉長一句我愛妳

◎星期二出差偶書：〈融洽之書〉

紅花淺呼吸

大漠輕顫，孤煙看起來有點累

香味看守一隻狼

一隻狼在大的腳邊暈倒

一隻狼的呼吸

於心內來回一次即壯遊

草原以長征的神韻對峙野外

更野外的史詩

一隻狼雪白而驕傲地站起來

撕咬月光

世界是肉

奶茶色的狂風沙一陣飢渴

狼嗥如帝國的幃帳掀動我心
我心獨步，尊嚴如大子夜
草原被神的手指捏碎
撒成光，撒成馬匹

再撒，那沾了掌紋手汗的草原色
變成狼眼
天地壯麗了一隻狼
我心是曠野的內容

◎星期三陰天又懷疑起人生：〈想起你〉

夜之神色暗香
你沒有寫清楚的影子被眾人白白地踩過去
一踩即扁入地底的影子長出根莖
堅定，充滿韌性
到如今你仍未被提起
連同影子未被提起
黃銅色的迴光牽著這世界的手練習如何以

毛筆寫你

夜之墨色飲泣

記得天堂就在這裡

就在這一刻

我想你，不增不減

寤寐之間

◎星期四寫企劃：〈一隻貓仰望〉

一隻貓在鈴鐺花和小馬之間路過

停下，又轉頭

走了

寂寞教春天給啄去，消逝得很溫柔

一隻貓仰望

天堂，探出一隻綠眼——沒錯

就是她

她多年前拜訪天堂寄回來一些美好的信仰

◎星期日打掃：〈以一隻手肘托著頭顱〉

以一隻手肘托著頭顱，腮下是寂靜的海面，

風灌入左耳，

從右耳聽見雲脫下衣裳窸窸窣窣

像典籍翻動自己似的；

以一隻腳撐著身體，拖鞋以下是飄浮的星群，

如果想到這些，隱約

表示時間還在，只不過悄悄流逝……

把掌心撐到白裡透紅

乃是我的虛空。

這一天月亮長出獸角，與我對峙。

天寒。我沉靜下來，

感覺已不再年輕，雖然悲傷是叛逆的，

更遠處，十一月像不顧一切的殺手。

寂靜呈現出性感的晚秋色澤，

為了與世界喝一點點酒，

讓自己等那麼久。

◎**星期一騎單車上班：〈冬日〉**

空氣刁且鑽，分兩路

一路形而上，另一路

俯向大地再斜斜刷開一片寂靜的山林

（髮在風中蹭著，溫柔如性

如愛，而霜露飽滿欲

滴。）一個人剛剛

吸入又呼出的

空氣，呵，空氣尋找一彎橘瓣的唇

像一隻貓追蹤夜晚

尋找一種擁抱荒原的姿勢以取暖

◎**星期二瀏覽：〈冬日情詩〉**

在黃金鼠一樣的暮色

上網搜尋妳的名字

網頁出現很久以前一份名錄：

從數萬個名字中找妳——

那時年輕

大學的筆劃素直而純真

在一群陌生的名字之間，我們距離似近

似遠

愛情就從彩虹上溜下來了

兩個名字相撞就變成動詞

妳上網搜尋過我的名字嗎？

雪飄下時

我是妳手中猶疑的滑鼠

◎星期三在宅：〈一起上班一起唱，預備……〉

日子青菜蘿蔔，我們天真活潑

別人討厭我們，我們不知道

不知道別人喜歡我們

我們在風中哭

像旱地的田鼠，我們在風中笑

網頁瀏覽又扒光我們可是我們甘心這樣

我們花許多時光解讀彼此誤寄的電子郵件

證明愛與不愛還不就是那樣
早餐潦潦草草，午餐遲到
六點鐘老得很慢
氣一氣青春，揍幾拳往日
繼續忙著每一個人都會的事
將年紀一大把抓起來
在MSN鄭重修改暱稱
刪除過於認真的垃圾
泡一壺香片，會不會讓我們熱心一點
世界看不起我們又怎樣
就這樣我們與日升日落同步上班
就這樣我們批准地球運轉
偶爾善用視訊練習你的迷惘

◎星期四經濟持續衰退：〈十月九日十行〉

不朽安頓他到微光的牆角，
那裡是香料遺址，那裡也有蛇蛻；
蜥蜴被影子脫下熱度，

不朽恰巧被安頓在十月九日這天，
神明自天靈蓋跌下來，落入塵埃。

憂鬱像牙齒閃電般一酸就漫開來，
又像游擊隊撤退並偵測到敵人還在；
他的工作把他的年紀堆高，
再把他的單調掘深以便埋他，
這是不朽對他的愛。

◎星期五想念老友：〈光陰〉

「你在我看不見的地方
　看著看不見你的我
　光與霧勾結，用盡方法讓我倆相互問好」

如果我可以離開又回到人間
在人間走了一半的路
終於確定要往下走
如果那一半的路比預想還短，甚至所剩無幾

如果路被月光照得很清晰

像思路一樣往下走沒問題

那麼每走一步，我看到身旁多了一些記憶

我會不會撞見冬天以死相逼

而油然升起新綠？

已經寬容自己前進兩步再退一步或者隨意

只要有趣

譬如摘一摘果實，不管果實與我熟不熟

爬樺樹，躺麥垛

或坐岩石上吸菸，在走了超過一半的路以後

我發現有什麼在背後追趕，不緊張，不像小孩

小孩不走我的老路……突然

我在夜半醒來手中握著楊枝彷彿

我離開又回來，真的確定你在？

◎星期六小孩下午上日文課：〈現代詩〉

有字灼身。身為字

字有說法：

字義流傳千古，我為字形所苦

一旦不能暗香不能泛黃

字義字形皆不安

解救我，壯懷激烈的

字啊

孕育下一代的字解救我

開挖我堅硬的歷史

犁過本土，播下種子

一旦要活不活……趕快綻放我

以纖形，以繁體結果

摘下果子如同摘下部首

隸屬經濟作物，食用之

可維生

以此解救我，救我心靈

春天用舌頭將我舔出字

優雅而甲骨，聲韻竹簡而風度絲帛

有字羚羊一般

跳過對岸

◎星期日陽明山泡湯：〈論愛〉

不需對待

不必互相

愛，那愛一直在

愛與愛人無關

愛與神無關

愛，沒有後來

愛，沒有以前

以眸光以香味

開墾，以反對

闡揚品味

以露以電

以現在

共同發明一種無人知曉的愛

◎星期一藍調：〈策略〉

吃飽，空碗朝天

一朵白色梔子花飄落碗內

花香米香共同合作的餘味，嫋嫋

懸浮飯桌三尺之上俯瞰我

我起身，椅子舒了一口氣

咕噥了兩聲

我心內獨自喵喵

今夜星光燦爛，根據運勢

外出

享受野貓將我欺負

◎星期二研發與行銷會議：〈微笑曲線〉

這天我將風景掛起來的時候掉落一隻貓

貓猛然抓痛商標真要命

我發現貓從不安住在夢裡，而是不斷潛伏

思考，與移動，假裝不想捕鼠

投資愛，經常等待

直到世界被貓佔領

我也變成戰俘。貓即使贏了也不想知道

贏了等不等於成功。牠回到歲月角落可愛地睡

貓的大肚腩下垂，假裝一彎微笑曲線

兩端分別指向貓臉與尾椎

貓比我優美的是不屑，比我天才的是不後悔

◎星期四乏味：〈肉體練習〉

徘徊唇間的櫻桃氣味

殘存自昨夜

已經微乎其微，突然又豹立且躍過深淵

的櫻桃氣味在另一個世界落定

安靜，悄悄靠近

我牽著我的寂寞離開節慶

◎星期五寄出詩選稿子：〈吃味〉

一半女人一瓣檸檬、加愛、再加酒

吃下，可把他貓了

一半男人一片海浪、加菸、再加歌

吃下，可把她雪了

一半女人加一半男人，吃下，好酸

好脆，有蘋果味

◎星期六參加文學獎評審：〈碑文〉

他一字一字斟酌推敲

碑文，避免後生閒雜

人等誤解或者看不見

遠遠落於身後的姓名

也曾光輝下載於世間

字與字的組合皆盡量

歧義、開闊如詩，不

可一眼看透他的人生

他尋找地點以及方位

為了風水他搜索枯腸

為了存在他留幾個字

立碑後，碑赫然站起來，轉身，抖掉墓誌銘

留一身大理石的清白讓蕨苔刺青，這次不再

繪龍刺鳳，而以苔痕於腳踝針一隻小小青蛇

立碑後，立的人也躺下。或許，大悲不可碑

◎星期日整理行事曆＆修車：〈請確定〉

當我死亡，請確定我已死亡，

我希望與我在世時所有不喜歡的東西一起埋葬，

因為死後的時間漫長，

我可以更充分地學習去愛，

愛我不愛的，包括手機、蛀牙、漸漸變壞的好人。

當我死亡，請確定我已死亡，

我希望與我所有喜歡的東西不告而別，莫要通知，

因為死後的時間漫長，

我可以更充分地品嘗孤獨，

包括青銅、詩、深刻的壞人。

感謝時光已逝，而我活著輕輕把死亡笑掉。

◎星期一購買月計畫補充本：〈春夏秋冬〉

抽一張純潔面紙擦掉夏天

意外 擦掉一張臉

秋陽牽我進入一粒稻穀

管吃管住 聽炊煙傾訴

死亡跳舞 腳尖再三迴旋

旋即入冬

我活著 因為春天

春天再生一張臉

像天空那樣善變

◎星期二動畫腳本會議：〈此刻月光〉

此刻月光想必是鹹的

像你流淚一樣

海洋將我騙到遠方

只丟給我一盞小而賊的燈糊口

只有海岸才敢理直氣壯地等下去

故鄉，彷彿戀人說不愛又突然

轉身吻我

請坐：

我將一整年端出，能料理的就這些

文字沾橘色魚子醬

你就嘗到我的孤獨不一樣

◎星期三討論孩子就讀哪所國中：〈我是一匹野風〉

我是一匹野風奔過太陽

在心內轉彎，揚起黃沙

我將世界載進部落

讓它學會吃苦，懂得寂寞

我是一匹野風奔過

奔過另一個我

時光點亮各山頭——

一匹野風扯歪古道

衝進琴弦般的白楊

空間是船，滑過樹梢……
秋日旋身勒馬，風蕭蕭
墓草鳴叫

◎星期四詩社討論圖文誌：〈昔我十四行〉

當我摘下身體且讓它整桶醱酵
到達某個酸甜相融的指數
又在古老的橡木內修煉多年
產生靈魂和泡沫
恰巧有人喝我，喝醉
且跳舞，窗外葡萄唱著風鈴、唱著水晶
唱著紅玫瑰白玫瑰
藍天撥響航線如調弄吉他的弦
歡樂的汁滴落
紅紅地滲入女人一樣的下午
我是一九六五年份
微澀，在舌緣化開如清香的野百合
或者一支民歌

◎星期六入冬以來最強寒流：〈都市流浪者〉

一封信打上晨霧的戳記

被日復一日的生活列印出來

啊，一句句的皺紋

夜空把月亮傳真出去

鄉愁收到一滴淚

十月商旅

⊙ 狼大家坐在一起

將憤怒又摺又揉成一群人，讓大家皺在一起。

再也受不了乾淨的宣言或者誰的餿主意。

我派左手扶住檔案，以免光陰動盪。

會場中撐最長的氣竟然悶得像中世紀。

十月的戶外十分冷。

熱心交換枯腸，大家堆積體味在我的前程。

不再年輕了，而夢依然豪華到不像樣。

意義敲三下，有影掉出來，錚然一聲

結論：「除了贏，其他都可以輸。」

咦！犯傻的笑是輪迴嗎？

大家很榮幸成為沃野千里的廢話。

（都這麼久了可以用餐了吧！歷史請移座。）

冷盤凝視一雙雙戀人般的木筷。

狼大家坐在一起；餓像一首山歌那樣空曠。

⊙ 獸出席——評〈狼大家坐在一起〉

樹下行過一位懷疑者

年紀大約是習慣活著還不習慣死

月光倒插前額

星座俯瞰其腦內組織結構

閃爍但不太快樂

今天，舌尖有話瘋狂戰鬥

彷彿刀俎追殺魚肉

冬天出籠了

同樣是去年那一群獸

禿山之間，深刻的情焰

想法之中有淡有豔

乃至有頭有臉都交給十月天

樹下行過一位懷疑者

骨充滿間隙，愛與不愛川流不息

這一日亂濺⋯⋯

男人灰髮突然抽芽了並不足以說明

他為何匆匆離席

留下詩句

⊙ 英雄大會

空間一直掉下，問題叮噹反彈
好亂
有鹿群奔過紅紅的夕陽
氣溫現在有些鳥
羽色如戰國
插旗的策略讓英雄飄搖

意義長駐在哪裡？請問天堂有沒有搬家公司？
易經、兵法與寂寞一樣重
動輒幾卡車
只有一個人搬是會死人的

商場偕同哲學遷入白楊樹叢
枝枝葉葉，在這裡討論抽長與羞愧
口號太像國家了
群英坐而言，羽扇綸巾猛笑
笑，是迴向的暗器

逼近結局

⊙ 沙漠貿易

北方沉靜。十月的

白楊在腦子金戈鐵馬，秋意亮刀

我是危險的漢子

古幣的神色有商務性質

時間以強光驢了我苦幹實幹的雙眸

黃土石窟的神，像天氣一樣好

我合十祈禱

遺址突然鬼鬼的：文明來了

商務人士來了，每年長出壯美的身體

來此供陽光吃一頓飽也是美意

如此貿易，以悲以喜

然而不被價值所愛的錢難道會愛你？

⊙ 沙漠會議

在世界所有會議皆討論不到的部落
歡迎時間再度光臨
某些空位正在思考
每一次相聚都需要境界才能面對

善良比什麼都猛獸
我被成功的失敗案例養活
那麼多嘴咬住中國
而我僅僅以準確的細節光大門楣
我生來是大睡之命，慚愧地
讓牀與牀下的地球承擔無盡的責任

哭不出來的笑容，掛在枯樹
會議連綿，一座高原追逐一座高原
有雪，以及觀念
工作在沙漠的裡面的外面
一口冷氣是一頭白氂牛的頑固

何必用一個戰國對付一粒沙？

MSN經常顯示：忙碌。而且會議中

白楊黃了，黃到深刻

我是唯一走向戶外的普通人性

跟世界溝通到有一天它回覆我安靜！

荒涼以小步踮入熱心

⊙ 輪迴討論

對疲倦笑一笑

身體躺下才發現靈魂自己可以直立

原來骨骼不扶我

而我也可以三百六十度玩弄不高不低的智能

年度正在追蹤檔案

我發現神色因為被通緝才一直溜轉

鬧鐘將我拼裝得亂響，針臂握不住方向

怎麼駛？

白天是我的嚴肅，瘋了才是晚上了
夜歌是這麼恐怖的生物，蹲在悲傷
日子一整個被我用髒
洗洗，但我不容易乾

做了最壞的打算，連神都會跟我一起安心
每到年底就狠下心來討論一遍輪迴
讓自己後悔

⊙ 愛工作

月光躺著容易被認為自殺未遂啊
露珠在它的肉體翻滾，撞上禮拜一
一朵被夾在《羅摩衍那》森林篇的櫻花
竟然鼓脹起來，弓起來，站起來一隻漂亮的狐

這時衝刺幾隻很火的冷酷
在荒原，職業嗷嗚得像孤獨
我的無意義都長出毛髮

品質都哭成斜陽那樣疲乏
日子僅有的兩條腿想用來走人

愛，十億隻水怪游入五大洋那種愛
深受傷害

害怕一早就遇見精神抖擻的禽獸
憂鬱充血直起來對月發亮
不行了，儘管這麼強壯近乎敢死
死命地撞擊又撞擊……有夠色
有夠味的
工作傾過來，我斜抱，彷彿真愛了
像荒廢多年的戀人
徒然相贈一份眼神

中場休息時間

第一、誕生時間

時間跟你同名同姓，行為一致。你不聰明卻恰恰可以看透時間的詭計。當你累了，趺坐鐘面，托著一顆沉沉瞌睡的頭顱——突然頭顱像隕石摔下，轟然一聲砸亂刻度，阻擋時間的去路；數字撞碎數字再撞碎數字內的數字……化作星塵覆蓋一切；一片雪白，雪花與雪花接駁一列姓名又一列姓名載往一個母親又一個母親，宇宙好靜，第一時間總是嬰啼，另有生命繼續，然後以大笑接力。

第二、不怕時間

風骨搭架身體為營帳
動員石英數字以及時針的膂臂
分大喊秒殺！向前衝刺：
被誤稱為隊長的上帝在時間集體路跑時押後
像母親一樣就是愛操煩
為免走失一分、一秒、一次心跳

今天怎麼了？

時代想掛單，媒體想淨身，你呢

如果你是時間就會日日消瘦

你說你熟識今天，今天卻別過臉

你從黃昏拖出黑夜

黑夜中脫韁的網路駛來一車霧撞歪你

彷彿亡命過一回再一回的你

深呼吸，吸一口天意，雲進入胸膛飄邈你

今天你成功地變成氣象，以天天變化自己

再也不怕任何遭遇

第三、家庭時間

即使船沉你為骸，你起身穿上海

即使你廢鐵一身

鏞出的子嗣照樣有幸壯大為銅人

你將孩子們的健康快樂保養好，拭淨

最好一抹就笑，讓他們爽朗地跟世界吵架

讓他們一公分一公分地反抗、頂撞天空
終於一百五十終於一百六十……
你暗中資助地下青春

光陰微啟成待吻的樣子，你卻將長髮
剪成落花流水
這麼多年劬勞培育的陽光就在今日長成
天使——羽色是下午微風的；飛翔是又金又水的

老的嫩的胖的瘦的形容詞
吵出世間男男女女
明日不敢面對你，更遠的未來埋首沉思
彷彿竹影
隱晦，幽魅。唯有現在
親情是最最難以分析的愛
卻被一句太帥的玩笑理解

故事正努力咬破結局

結局之外還有一層繭，繭之外

還有偉大、還有詭詐，所以你訓練玫瑰香

出入毛細孔偵探；鍛鍊思考，以瑜伽

芬多精是一類奇門遁甲

深呼吸——愛

很激動的昨日讓今日靜到最厲害

第四、規劃時間

就只是規劃一項活下去的策略

夢就使壞，用陰天來蓋，竟又在眠夢埋地雷

真理每夜爬上你的牀

在紫羅蘭與性靈之間以舌捲回語言

又激起浪尖

體位是世界，叫聲大同

又大大不同的你，你是不願偏安的孤獨……

三角眼的座標指揮銀河鐵道載你體驗

然而只有雞鳴瞭解

旭日撞天的玻璃聲，吵醒青牛背上的道德
是的，只有大聲瞭解大寂靜

策略愈說愈像丑角
日子愈過愈像折斷孤影的路燈
職業愈做愈像意外，時代愈驢愈苦
然而要打從心底快樂
並且健康，繼續賣力；想好下一步
擁有一點點一絲絲，就請高聲歡呼
永遠之後的
永恆等於一單位靈魂——它騎一頭風
英姿輕且瘦，像世界不盈一握
沒有絕對的策略一定得做，只要以果敢的牛步走

第五、恐怖時間

時間恰巧是命理師
掐指一算（指節突然插入一片光害）
天文愛哭地理愛笑，搞得你啊

你老是坐在東牆與西風之間

安靜成一方印刻

日了泥濘，夢春分……雲降伏熱烈的瞳人

溫度從三十三重天淵向腳底以下

你奇幻成報紙上老花的字

每天綻放懷舊的新聞，一讀就掉葉子

抓住倏忽之戰慄，生與死就分別奔向兩邊

你是每天裡的無法無天

天押花了藍並傷成無上甚深的憂愁

終於深陷晚霞

意義是嬰兒車自晚霞青石滑下坡，整個人生

驚嚇，非常驚嚇地追啊追

兩旁風景向後狂退

定與靜開竅，對詩中任一行蘆葦愛撫竟然每天每天懸念，思考：

符號喝水會漏，所以不能當作命的容器

關鍵詞都不是活下去的鑰匙，錯字才是

噪音拎起凌晨四點鐘掛在夢

時間天真地以桃木寶劍迎向鬼臉惺忪

第六、肉身時間

你一直搖著夜，讓它不成眠，

你以為墨水會對筆尖講白話嗎？

你裝可憐；夜裝可樂，每一顆氣泡都想暴動。

你破曉，卻甜得像柳橙睡覺。

你一直想要擁有各式各樣的身體包括黑夜的、

白天的、傍晚的、凌晨的、午間的、

有的沒的身體……每一秒，

你的身體都不一樣：

——比前一秒老嗎？

——比前一秒進步！

——終究你還是選擇了黑夜的身體。為啥？

——因為叫聲，那叫聲彷彿難以填滿。

——而且超越死亡與性。

——青春還在你的身體嗎？

——不多。但足夠維生。

第七、時間怎樣

今天繼續垂釣常識，默默而油亮的額頭對峙苦口。

海兇你，你哭著游到眼角；回首笑看魚目混珠。

互相容忍的謊言一次比一次更像荒塚間

一把鈍鏽的月光，

你就像鬼怕被誤殺，擔心再一次知道自己死了；

歲月比你更怕，怕終點還有其他時間。

品味在雲端以上、土地以下，真的假的？

——你是說菌類或者詩吧！

今天繼續緊抱著吾，與無。你怎麼了？

一通簡訊像痰一樣咳在半路……

聽說你們是好朋友，對彼此的假牙有興趣，對愛恨

提不起勁。時間啊

時間自行上班下班了。你能拿它怎樣？

第八、時間成熟

游在天空的年紀四十好幾，泡泡好像魚憋氣，
好像人嘆氣。
下來給你加加油，爬坡，前方霧是一隊大刀手。

鍛鍊一種保持向上的方式，禁止腿將行動放棄。
你是古蹟，微笑像謎。

忘記，其實是深刻的胎記。
大夢乒乒、乓乓，靜不下來。
靜不下的時間嗡嗡嗡，像花瓣上的蜜蜂在練功。
你看到的拳法如果沒有愛一定致命。

是的只要努力上坡，天堂就點頭。
四十好幾的好山好水害羞，但貴寶地空氣很優。
前途虛無卻凹凸有致，自摸起來是狼嚎的品質。

總之，你的沉默不能再濃縮了；

你的生活不能再削尖了。游在天空要嘛就快樂。

第九、時間字體

你挺立，你就是天空

時間脫下春衫，掛在繁體字

十撥鼠在此岸站起來讀，眼瞇瞇又有深度

索引一截推理攸關來生去處

接著湖泊戴起眼鏡，請月光湊近、蟲鳴湊近……

嚇，發現你其實是一片雲

自由自在，以身體躺在太極球體，傾聽穴道

游移……寂寞痠且痛

而一切的痠不是來自痛，是來自不良

你決定正直你的態度

並且決定活得充分

沒有世界在你身上推拖，你也沒有對存在馬虎

你咬一口麵包，麥子復職為種子
你喝一杯羊奶，草原在你胸腔笑出魔音傳腦
那些釀了一二十年的優雅餿了
濁了肥滋滋的年齡——你不要
你不要倒頭栽
在一堆幣值。上帝即將下手做出祂應允的公道

這時你靜得跟香草一樣，香以各種方式攝魂
躺下，你已是你的里程碑
你一生的變化純粹是夕日投影，你輕嘆吾愛
發現雙掌已長出野蔓蘚苔
思維鑽入握筆的關節
若你已完成，死就啟動另一條生路給你書寫
頃刻，對岸飛來了一群蝴蝶香客
確定終於向你飛來了——如果雙翅長在簡體
就請回吧回去你的棲息地

第十、你有時間

政治推擠，搶搭方舟

殺時間……砲彈幽靈迫擊一份工作

我，或者社會這麼瘦弱

十年也只有二兩八分重

請時間排排站，站鬆一點

讓你可以安插一枚標點，一口氣

或一座島嶼

不要站成一直線，時間

彎彎曲曲才有道理

人生，你怎麼了？

春天上任才不久，花就籌備

儀式告別

野櫻忙著咬三月的耳朵

五瓣都忘了寫遺書

楓了的笑話好冷，葉自苔色枝幹

掙出一身血

歲月與山神的相處並非

想像中那樣和諧

芽與獠牙
等同你的笑你的哭
你從圓周率切出一角蛋糕以慶祝
誰僥倖？成為來了與走了之間的分號
一年好不容易
把四散的你兜在一起吹蠟燭
卻決定再度解散你，以及時間
你變作流浪的星體
時間化為肉體

你所遺失的宗教就是你的日常
你的廟堂就是你認真建設的生活
你會看到你排在時間的隊伍之中
你是一件一件雜務的拼布
你是每日情資、易揮發的知識，你是元素
你依然把顏彩握入一畝行事曆

而且長出植物

綠芽吐舌不好意思地掬起一滴露

卷四

藍鵲飛過

藍鵲飛過

● 1992年7月10日，高雄

山迎面撲來，眼神霎時失控，一聲轟然——猖狂的綠自血脈噴出，滿山盈谷的錯愕，寂寂。落葉像成堆暴死的蝴蝶在鞋跟嘶喊，而山腳下我們的城市趺坐：儼然橫列的是槨，高聳的是墓碑，千千萬萬個，絕望的美。遠處彷彿傳來豺狼虎豹的紛擾？一群不以為意的藍鵲飛過。

敞開衣襟，胸骨排列如古之棧道，拾級而上的靈魂，未曾如此笑過，你大喊：「起牀！」醒來了樹影和花蹤。陽光擰乾昨夜的霧，信步到溪澗洗臉，猛抬頭，腰際懸雷的七月，單腳靜靜地佇立磯石，回憶她橘花香的名……泠泠，一牀水色為來生預備，待夏日點燃群樹繽紛，我將安置山形枕頭及髮絲的被褥，上面繡著對對藍鵲飛過。

海拔七百公尺，月均溫攝氏十六度，氣候抒情，年降雨量三千五百公釐，接近氾濫的淚腺。扇平，是一座森林教室：臺灣山羊石虎蜥蜴以及小雨蛙，請專心聽講，你們是聰明的脊椎動物，喜歡記錄自己，以藍鵲寫在天空的筆跡。瓢蟲如星，尺蠖點燈，當我在樹下輕輕翻閱晚霞，生物學課本裡一隻孤獨的藍鵲飛過。

● 2009年1月23日，台北

斜斜自天空滑過的是快樂嗎？轉眼多少年，時光彷彿傾巢而出，一聲驚蟄來自丹田，是久未謀面的春天。以前，路燈長長的影子是我的體型，光暈這般瘦，月下老人的咳嗽聲渾圓如陰曆十五的月，神的手勢點數一隻兩隻三隻紅喙藍羽的翦影，飛翔是我們心中的虛線，我們共同擁有過——藍鵲飛過。

斜斜自天空貫穿心窩的，是下午時光，時光美得像游龍的熠爍鱗尾，尾尖裁過半生：一些我，掉落在南；另一些我，掉落在北；一些些其他如夢掉落田野，全部長出鳥鳴。內湖的草莓、橙橘、檸檬以香以色在我心聚會，討論像我這樣的靜物如何以絕筆畫出一隻兩隻三隻藍鵲。我每天安排隔天，只要有一點點前進，就覺得像藍鵲在飛。

狗吠下午，生與死天天巡行山野，又悄悄、日日地走了。社會病痛不是小老百姓的小感冒能體會。貧窮苟日新日日新又日新地舉步向前行，身影倒下壓傷國家，亂石堆佇立藍鵲，紅紅的腳趾踩著日期，最受傷的是禮拜幾？藍鵲在樹叢高處守護牠的巢，山神擁擠在下午四點與五點之間，沒有什麼叮嚀、甚至沒有動靜，藍鵲沉思立定。

性格起毛球，我穿上好舊的套頭高領衣。冬日時光載我入山林，枝枝葉葉都是新聞。啊我們，我們是這世界忘了羅列的大事紀，我們是最甜蜜、最小巧的幸福，恰恰足夠一輩子了。野芒如古詩，夕陽是老虎，我行走荒野等同以小腳大聲朗誦。我請大空、請曠野帶我去找很久以前的歲月，然而，我與我的往日何不歇歇，靜看飛過的藍鵲。

我所見的藍鵲已是第幾代了？眼前是牠們嗎？那優美弧度的時光拋升，盤旋，像命中注定，注定要落地生根的名與姓，落下且跌成餅屑，教麻雀去爭食吧。大空騎在藍鵲的背上，俯瞰流竄的民主聖歌，邊唱邊咳。焦慮的風從城市一角掀開，發現失業者、遊民、拚了命的中年……以及臺灣藍鵲，啊，藍鵲飛過。

波赫士幻象

A.

他一轉身，我就看見他背上的虎斑紋。

他說：那是百葉窗的投影，不是虎斑紋。

他彷彿向前緩緩行去，轟轟價響。然而，卻只有他的兩顆眼睛滾向前，他的身體並沒有動。他用黑夜的深情、用星光的冷靜欣賞兩顆骨碌碌的眼睛繼續向前滾動，眼睛滾過鏡面、滾進歧路、滾出迷宮花園。突然，他將手杖丟開，回首對世界一笑，四肢伏地，弓身，化作一隻老虎，向前一躍，一口吃掉眼睛。

從今而後，眼睛向內看，不必向外探求。

B.

盲者與月亮之間有一緊繫的絲線，所以盲者的頭顱微微仰角，那是神諭在傳輸。這天，他又與月亮靜靜地交換銀河訊息，訊息傳畢，盲者明確發出一聲壯麗的狼嗥。

C.

在世界已成廢墟之後，某夜，月光照臨。月光下，
三位神正在撿石塊，用來雕刻新的棋子。
兩位下棋一位觀棋不語。……神往往在悔棋之後，
打算另起新局。

D.

他所欣賞的月亮長得像墓誌銘。

E.

站在紙中央的一個瞎了的字（字的心頭對歷史卻很
清晰，清晰到可以用一縷嘆息的氣聲來說明），
呵，拄著母音而踽踽獨行的字，愈走愈遠，愈遠愈
瘦，愈來愈小直到天邊，竟然砰的一聲槍響，字倒
在慘白的紙，驚飛一大群耳聰目明的烏鴉。
烏鴉回頭看見紙上陸續綻放一朵一朵的紅玫瑰。

F.

畫卷中有一頭老虎，王者的架式，其下是桃花心木的神案，裊裊的三炷香柵住一頭老虎。

G.

豐富的沉默，像泡在清水的衣服被拎出來，滴滴溜溜的，我想那是語言。

早晨教一滴露告一個段落

◆ 斑鳩呀，妳

斑鳩叩叩叩著窗，今夜有月亮，露滴與祕密，還有我愛妳——

若妳是斑鳩，快快飛來，就停在鋼琴蓋，鋈亮的木質投影妳細細的腳趾，我調妳頸後寒毛似的音色，我彈春風。

斑鳩，若妳是斑鳩在我懷中一下緊張一下舒放，像愛與不愛。

哎，妳的身體遙遠得像煙，妳的笑那麼敏感，動不動就開花。

若妳是斑鳩，快快飛來啄詩，叩叩叩像打字，打在身體——就這樣整夜妳讀我而我讀妳。

◆ 吃屋子

今天我嚼碎並且吞下一幢屋子，身體的空間突然變遼闊了。心臟是樹，綻放紅花，香氣是魂魄，我耗費一生的時間讓樹木開花但不必有結果。肺是我的小屋，有炊煙裊裊，淡淡的尼古丁與稻米香。胃是小屋的地基，門前有羊腸小徑。雲是思想，經常逸出髮膚，有些豪華的雲變得澹泊，飄走之後就再也沒有回來了。食物因為知識與經驗而日日不同。嗝與雷是孿生的小孩，在胸臆間滾來滾去，有時順著骨架溜滑梯、有時在體內夕陽染紅的脈流玩水。曾經我一生的目標是擴建一幢屋子，愈蓋愈富麗（等同我愈吃愈精緻），直到屋子築成摩天大樓。摩天大樓一直向上，經過食道，喉嚨，劍一般頂刺向腦——突然我就靜止，躺下……我的屋子倒下，只剩一張大地的牀。

◆花，笑而已

異鄉人乘坐一架人面青花瓷碟到人間，越過心之邊界，轉入一座園圃，園中有花。

異鄉人向花問路，花圓睜美目、恬靜地端詳他，僅微笑，一笑，花瓣即飄落。異鄉人驚異，再問另一朵花，照樣飄落。

風襲來，落花有的張翅飛向冥冥漠漠，有的蜷成彩色的絲繭鋪滿大地。異鄉人奇異地望著天際，踏行落花一路全是笑聲。

「笑什麼？花為何一直笑而不答呢？」異鄉人忖道。

異鄉人打聽風聲，據說：花一開口說話，就會說出一種全新的語言，語言如同香氣彌漫人間。無論誰吸入某一種香氣，就會擁有某一種語言。如果眾花開口說話，這世界就會有無限多的語種，人與人就不能溝通了。

異鄉人思考時，花微笑（一眨眼花又落）。

花微笑，是笑異鄉人傻氣？一直追根究柢，花就一直飄墜、飄墜。花離枝的一剎那很痛，因為同一剎那的同一傷口再度綻放。花落、花開總是在同一剎那。就像先知死了，詩人再生了，也是在同一剎那。

花微笑，彷若已經瞭然，瞬間又飄落一朵。飄落，如同放下。

後來，異鄉人漸漸發現花微笑，是花對花自己微笑，容光漾著愛與慈悲。

異鄉人跨出花園。……驀然回首，發現那些被風吹上天的花，在雲間舞蹈，每一朵花是一個神人形象：有靈光、有暗香魂魄、有絕色人面，莖葉曼妙地呈現肢體語言。

從頭到尾，我一個微笑都未懂得，微笑卻已經自成語言了。

異鄉人乘坐一架人面青花瓷碟到人間是一場夢？異鄉人醒來發現牀上遍撒花朵，而他也是其中一朵。其他的花說很渴，一直說要喝夢。異鄉人不知道應該怎麼辦，心一急就香香地滴落一滴露。

註：大食西南二千里有國，山谷間樹枝上化生人首，如花，不解語。人借問，笑而已，頻笑輒落。——《酉陽雜俎》

◆ 早晨

早晨是剛剛轉醒的小白熊。早晨是甜甜圈嘟著嘴。

早晨瞭解已經這樣過了歲歲年年卻沒有一次被美夢喵喵地舔醒。

想起那些不願面對、不再面對的。發現逝去的……突然在牀緣留下一小截叮嚀；而窗外的天空放生一群紅鮭魚，魚目迷離，逆溯，向夢境。淚水衝動一顆彗星，可能爆發妳。

洞穿身體的風，有香必須在意⋯⋯必須是美及其後裔。

母鹿與陽光齊心跳過早晨的額際，思緒譁然。早晨不確定那逝去的⋯⋯是否已經邀約了我，像飛鏢擲於木門迅猛地釘住一張時光武林帖。

黎明自沼澤撥草一路向黃昏出發，那長長的影子形成我的肉身，我像一把玄黑鑲金的長劍斜插入地！插得太用力，整片風景碎為零，而妳是唯一。

◆ 真實的人

假裝我是一個人，不是很情願過得太好或者不好。

童年把小小世界頂在額上旋轉，逆時針方向，讓太陽昏眩、讓月亮亂想——那時，我又假裝自己是另一個人，規規矩矩，有愛有職業，一輩子活得毫無爭議，而且甘願從此以後就這樣老去。

少年沒有學好數理卻假裝很懂；其實並不瞭解——

零等於很多，但不保證零向前滾動時遇見好人或壞人，或者會不會缺角？零不僅擁有不斷遞增或者全然歸於虛無的武力，還具備世界和平、萬籟俱寂的偉大能量……這些零是唾沫泡泡一說話就煙火煙火的，我都假裝懂得。

中年繼續假裝挾人生以參戰，站在幼兒與老母之間，我笑得像一顆蘋果。

晚景夠了夠了，別再假裝一個人哭泣。

◆ 這件事不急

介於怕與不怕之間的第三層樓，恰巧看得清楚樓下有兩條腿的夢、會呼吸的理想、哼著歌的未來，以及往日背影，總之恰巧看得清楚街上行走的一切熱心的活體。

因為看得見，所以害怕。

恰巧在三層樓高的地方最容易怕死，一怕死就想到還有一些什麼不該死。

三層樓高的地板穩穩地抓住一點也不想死的人。

如果當初選擇更高一點，是不是真的會往下跳呢？

他一邊走下樓梯一邊思索。

更高一點的管轄範圍隸屬於月亮，她最狠的手段是想念，再狠也不會往下跳。月亮讓自己永生永世地懸在那裡提醒站在三樓高或更高的人務必等待，等待美麗的意外。

人生最簡單的一件事是放棄，但這件事不急。

◆改變世界

用粉筆畫一條線。

很久以前，一半女人一半男人、一半愛一半恨攜手移民到線的那一邊。有一天，那條線變得很虛弱，已經沒有氣力阻止任何它不喜歡的人偷渡、越界。

我一直在猶豫，要不要從這一邊，跨過去那一邊？要不要、要不要！

我在線的這一邊，這一邊已經沒有另一半的男女、另一半的愛恨，這一邊只剩下我。

大半輩子以來，我研究出一種呼吸的方式，調配出一種可以讓自己幸福的祕方，我為自己耕種，培育出模樣像我的花朵，香味也接近我的體味；我為自己閱讀，讀出滿紙圜圚都是自創的文字；我為愛自己而愛。我很滿足，沒有動機可以讓我改變，線的那一邊對我沒有吸引力。那一條線，漸漸自覺沒有了存在的目的，一天一天地衰老、虛弱。我耽溺在自己，再也不須比較、再也不須別人提供意見與想法，我變得像某種神靈一樣，雖然比人類更寂寞。於是，我就這樣連語言都失去，我變得透明、潔淨，變得不需要趣味就可以微笑。

但是我決定，越界！我決定越界而且即將一腳跨過去之際，那條很虛弱的線，突然與我的人生打結。

◆ **情人節**

她一直都在狂睡補眠，她的男人坐在沙發灌啤酒，一直灌，寂寞太肥沃了，竟然從頭頂長出一叢玫瑰，也灌出了兩隻蟋蟀爬出眼窩，鬥來鬥去。

月亮與太陽共組的家庭叫做一天，其間有冷靜的慾望，強烈的動機……

她與她的男人必須守住遠方才能愛，而那時已年邁。

◆準備好

你向前大步走，驚嚇瓷瓶一陣寒顫，空氣中的浮塵

回過頭靜電 下你

你是記憶的導體

誰把著了火的樹蔭踩熄，踩凹入地，發現是一具具

人形

曾經排隊求救的千萬個，你是其中之一

那時一具具人形累了，你調整自己並提醒務須一切

從簡，微笑，多喝水

不抱怨亦不放棄，而且勇敢

面對。以維持超乎尋常的健康狀態，等待世界轉變

請準備好，用最快樂

◆碎碎念

我受不了的人，他們最受不了我，這點在工作上

很明確。受到誇獎時，我都會講一些鬼話嚇醒自己。工作時我是有機會醒來的，卻怕醒來一整個人生平安無事。我是很乖的員工，會乖乖待在有與無之間，工作不會察覺我，除了神與心跳。工作許多年了，我很後悔沒有保持微笑，但很幸運我沒有變得好笑。工作需要創意，創意一直在那裡，它活得很好，少煩它。我得出結論：無法專注於玩樂，就一定無法專注於工作。重點不在玩樂與工作，而在「專注」這件事很不容易。我很高興我的絕望不僅合理，而且不需要處理——絕望，最怕有範例。經常那些絕望在工作中創造了美的間隙，透入風與光影，讓我感到清涼。親愛的先知，這麼拉里拉雜一討論，我已經老了，您一直年輕。

◆ **痴夢**

今天切一些陰影加入湯頭，快樂一年份，其餘分期給我痛苦。下午切一個夢來觀察內容，恰巧一群放學的孩子圍觀，七嘴八舌，直說看起來像果肉，有的孩子聽見其中有逝水的聲音，有的孩子則嗅到春天。就在觀察的同時，漸漸傍晚了。回家吧！孩子們說。等等、等等，我分切給你們帶回家，你們可以邊走邊吃。好啊好啊！孩子們興奮地說。每個孩子的掌心都分到一小塊夢像蠶兒蠕動著，無痛、酥癢地沿著掌紋吃掌肉彷若啃桑葉。到家後，雙掌只剩下掌紋脈絡。孩子的掌肉長得很慢，夢能吃的愈來愈少，於是夢愈來愈瘦了。孩子們只因為接受那一小塊陌生人給的看得見的夢，以致掌心被吃得空空洞洞，能掌握的東西不多，直到孩子長大成人，活下來的夢也是寥寥無幾。

◆ 身心狀態

身體與精神都累了。這天，只有身體起牀，沒有精神。我的身體睡了許久，原本打算睡上一個月一整年。我轉頭看到精神陷落牀上，非常零亂。我疲倦的身體悲傷地跪在牀緣慢慢將藍紅黃白四色的經絡接通，將精神焊起來，並拍拍它，最後用力打起精神，不准它倒下！然後，讓身體再度躺回牀上與精神合而為一。突然覺得牀在動，我探身看見牀的四支腳深入地底，像樹根一直往下竄，夢咕嚕咕嚕輸入地底，牀與土地已經血肉相連。我欲一鼓作氣起牀，身體卻瞬間被拉回、陷落的同時……白色牀單浮凸一朵盛開的睡蓮。

◆孵

我發現一顆巨大的蛋在空無一物的客廳。那顆蛋是不是屋子孵的呢？我敲敲那顆蛋，裂開，裡頭有一間牙牙學語又動來動去的小閣樓，我搔閣樓癢，它咯咯咯笑得像春光，然後張開兩扇窗扉，像童年一樣拍拍拍地飛走了。

◆人獸

每天，當太陽投影在我身上，那隻獸就會從我口中大聲咳出來。那隻獸的行為跟我同時但相反。我往前走，獸向後退。我右，牠左。我醒，牠睡。我讀書自娛，牠焚書取暖。我想到死亡的真義，牠蒐集長生不老的小道消息。我降伏獸，恰恰是獸降伏我。如此反覆從每天到累世。

飄雪系列

——黃羊川，或者他方

◇雪中誰遺下一把黑傘

雪中誰遺下一把黑傘呢？風一撐開，天地全夜了。傘骨反映銀霜，幽微有亮，一熠一爍，彷彿眼睛，或者疲倦的心？那是很久以前的故事了，雪神為長街、市集與曠野撐傘，如今雪神放下一切，走遠、走遠了；而近處，驚見老天張臂躍下人間，我聽見骨碎的聲響，響自雪中一把受傷的黑傘。

◇雪中麋鹿

讀完了一朵小雪花的遺書，然後為前生堆一個小雪人，再繫上一條黃沙路，知曉的只有母鹿。讀完了一朵小雪花，啊小雪花的遺書，彷彿這不是最後一次。

原來我也是靜默的雪花，自你身旁飄落，飄落於腳下。我向上仰望那桃色眼睫，遙遠而深邃的塞外雪中之瞳……彷彿有夢飛升，終至消失。再親近凝視，彷彿這真的是最後一次了。原諒我，我是愛哭的雪花，總在你走後留下紅酒染色的冰。

◇下雪了

茉莉白、晚香的夢……怕已經下雪了。又積雪了。當故事正無窮無盡地從前從前……有一個白雪公主……雪掀起街角如白刃，春天是刺客，然而，空間毫無懼色——只有幽靈知曉，那種一再死而復生的童話。

◇雪狼

雪搭蓋的一座城堡，住著春天。春天在小女孩的照顧下長得好可愛，有時貓、有時洋娃娃、有時圖畫，模樣多變化。雪搭蓋的一座城堡尚未開啟，萬籟難以入門。此刻，雪狼行過巨大的冰牆外，聽見春天逗小女孩笑，笑翻了春天。

◇雪的溫度

我的雪，以纖手握著鐵錘，錘大地成薄薄亮亮的銀。私以為燙，卻冷。我的雪，愛生氣，氣得像喜劇。

◇ **踏雪**

從前從前，有一場雪，落一整夜之後好累，躺下就睡著了。有人把雪喚醒，雪就把那人吃了、又吃了更多人然後飄走。雪消化掉人之後——又瘦了、輕了。其他人趁機逃難，邊跑邊張大著嘴，迎風吃雪，直直奔入一部紅樓夢。

◇ **雪是新鮮的肉體**

雪是新鮮的肉體，晨光毫不保留地賞玩，嘴角深淺微笑。突然肉體長出薔薇花瓣，花瓣伸展成翅膀，翅膀搧著雪花，讓雪花的燃點提高，燒掉今天。今天很性感，雪線是高潮。

◇ **雪的發音**

用方言調整雪的發音，讓它斜躺、讓它懷孕；然後，十字再十字，交叉再交叉，誕生一朵雪花，夾在戀人的辭海。

◇ 雪紛紛

雪紛紛襲向獵人腰間 把刀，雪抓緊刀鋒、刀背、刀柄，以冷冷的手。刀吸收獵人的體溫，熱氣掰開雪之手。雪為何抓得那麼緊，完全不顧死活？「刀需要我，」雪說：「需要我助它冷靜。」「錯！身為一把刀，只需要獵人的自由，以及愛與恨的自制。」刀回答。

◇ 雪裱白

祭典開始，空無一人嗎？而那些擁擠、喧囂的寂靜呢？一年、三年、五年……年年來訪的夢，夢過得如何？那些愛，冷不冷？祭典開始，面向冬日清晨，麥收回麥浪，雪堅忍其冰心；祭典開始，壯麗的雪裱白了生與死。

◇ 雪花是索隱

雪花是索隱。雪花帶來天堂的消息，而我將如何解讀？那是神祇們爭吵的語字，還是靜寂的眸光飛墜——以最輕的快樂。天漸漸亮了，我想到危險，整個世界是我不能理解的內文，藉由雪，我想要找尋人生小小的註解。

◇ 雪在背後

如果會議在雪中舉行，問題冰涼，而答案會有春天嗎？大家都在找尋春天，雪在背後冷眼。

◇ 雪與雪的間隙

自雪與雪的間隙，我聽見世界酣眠；而人們，活在心跳之間。

◇ 雪的韻腳

走起路來咚咚咚的冬天很怕、很怕踩到北極熊的尾巴。然而左瞧右看，那腳型，確定是雪押的韻。

◇雪箋

雪就這樣寫了一封長信，把我寄到這裡，無人收件。春天一讀，我就融化了。

◇雪的心態

夜行中的巴士，車窗凝結一層冰，車燈照見雪花紛紛，自虛無之處飄來，不必確知，反正終將消失，與車內的人一樣。

雪的心態是什麼呢？雪是不是暗藏彩色的氣球，雪融時，氣球就蒸發似地升上去，於是仰望的眼神就愈來愈虛無了。雪是不是也暗藏許多的顏料，在雪花的心內，一旦遇見什麼人，就閃爍給他什麼顏色瞧瞧。

鎮上農人的假期，雪允許。我往山的方向走，陽光一曬，融了一層薄霜，走在路上怕滑，小心翼翼的。我無法思考什麼，亦不須思考什麼，身體必須慢慢調整這些日子以來的疲倦，找到平衡。冬天屬於雪思考的季節，不屬於我。時間以它自身的能量慢慢地消解，消解那些不愉快。

◇ 雪戲劇

大大小小的腳印書寫在雪地上，很短的劇本，天空幽默地朗讀。來也來也！冰山、大湖、凍原、森林一起來，把身體演熱。天地只有在謝幕時才被發現，一齣戲早已演過了；而春日的花團錦簇正從戲院門口湧出來。

◇ 雪融化

打個盹，雪又融化了一些些。一些些盹，凍成獸形。

◇ 攝雪

拍攝雪景時，雪花打了一個手勢，所有的光線向你襲來，撞毀你的猜想。

◇ 雪如此安靜

一張來自黃沙的明信片，信上說：這次來到這裡，雪掩蓋了許多真實的改變。在雪中開會，雪如此安靜，而會議如此焦灼，關心著未來，未來踏雪而來。下午五點三十分，陽光漸漸暗入山後，山頭紅暈漸褪，一抹思考奔赴雪地，擔心夢，夢都還好吧？明信片上又說：你已經是以前，卻還寫信給明天。

◇ 雪伸手過來

雪伸手過來，握你以零度，再深深吻著。我以體溫傾訴：啊，充實的今夜，文字如火，一直燒著我的觸覺。

◇ 雪跡

我畫下句點之後，就跳開，細細欣賞那個句點，想著未寫的人生長篇是不是該從雪花標點開始一路寫下去，直到融解。

◇雪柯

我戀著窗外的景致。雪柯上聚集一群麻雀。人行過樹下，麻雀受驚卻又懶得動。陽光順著羽毛滑下來，好巧，就落在一個孩子的左臉頰。孩子把陽光撕下，愈撕愈大片，一大片像火狐羽毛色的披風，讓小孩頓時溫暖，臉頰紅通通。小孩披著小飛俠的披風往土牆之間跑去，那是家的方向。

◇雪發獃

從前從前，每一場雪都屬於某一個女人。女人誕生時，雪就悄悄成形了。在成長的過程，有時大雪，有時小雪，有時雪停。春來融解，雪化身為水，暫時遷居於土地，滲入地底給女人溫情，教地底的熔岩陪著她，教根鬚編一架鞦韆讓她盪呀盪，教地鼠守衛，教消失的時光照亮地底的路。來年，雪再度成形，女人又成熟了一些，憂愁時雪花飄，快樂時雪花盤旋，偶爾與天空吵嘴。雪躺在大地時女人累了。雪是冷的，女人戀愛時是熱的，冷與熱不相容，於是雪離開，留下女人。女人經常望著雪發獃，直到女人也融化了，才感到溫度。

◇雪色

星星一直亮到早晨七點，望著繁星點點，恍惚不確定是否新的一大開始了。繁星漸次被大地的雪色所取代——從黑美白，像愛笑的陽光男孩。

◇雪舉辦

葬禮，由雪舉辦。雪讓世界瞭解自己有多輕，所以，存在或不存在，皆無須過於悲傷。

◇雪很敏感

不可以讓雪繼續融化，或者繼續思考，不可以讓雪像春天一樣叫疼，否則世界將會翻臉。

◇雪抗議

「美好的一天壓在檔案夾的底層，都結冰了。」雪跟人類抗議道。

◇雪花們，來吧

雪花們，來吧！我們開個會討論一下，在雪的季節，關於我們的生活點點滴滴。會議中，每一片雪花各有命名，她們／他們叫做：寂靜、孤獨、輕盈、美麗、快樂、憂愁、安詳……可是每一片雪花都不善於談論自己，會議進行得很短，來不及有結論，或者不需要有結論就融化了，雪不適合在溫室中表達自己，只在天地之間才能聽見她們／他們的細語。

◇雪瞭解

每一個夢來到這裡，安安靜靜地睡著了。夢，夢著。一片斜陽爬上夢的側臉，那臉彷彿熟悉、彷彿古老。夢養育過人類、養育過草木蟲魚、養育過山與海。夢很老了，卻看起來年輕。每一年，夢都會到有雪的地方，調整心境、改善體質，雪將冷卻一場夢，夢會感到冷，冷進心窩、冷徹脊髓。並不是每一個人類都知道夢的價值，只有雪瞭解。雪在冬季緊緊地抱著夢，夢融化，春天就不遠了。

◇跳上雪

兔子跳跳跳，跳上雪的身體，雪感受到足跡溫溫的。兔子回眸，撲朔迷離。雪後，陽光在山上逛來逛去，留下愛恨情仇的雪印在兔子洞口。有一長長的影了跟蹤兔子，有一種眷戀的氛圍在山上漫開。

◇雪訴說

每年的這一天，就下雪了。就在大家低頭默禱時，雪花紛紛。雪花是他的語字、他的叮嚀，已經這麼多年了，他是否預見此刻這般，這般如夢。他正凝視著大家的心思，恰似各式各樣的雪花，這些年改變好多呀。雪訴說：人生不是短或長的問題，而是值不值得！雪落無聲是一種說服情人的方式；而雪融，傳達出幸福不是一件容易的事。

◇與雪寒暄

我依然想念曾經在雪之中、雪之外看雪，再看雪融入體內，喔那感覺！變成雪的我，與雪寒暄、相互探訪，雪所描繪的純潔，飄浮在青金色的天空；我依然想念在你那兒的陽光冷靜、雪常思考。石榴紅的心事、香蕉香的眼神、水梨色的微笑——這是我從南方帶來的，請笑納。我是雪的族類，就這樣每天望著窗外。你說：再望下去，雪人都要羽化成仙了吧？

◇雪行過窗外

雪行過窗外的圓形池，在池中凍住，拔起一聲水晶的高音，神不可能容許卻竟然同意的唯一的高音，彈到結冰的窗，玻璃以雙層護衛窗內已老的靈魂。圓形池蓄積希望，如今凍成一片白紙般，該不該讓星光寫下什麼，怕一寫又要飄雪了。那飄過來的憂愁，祈求冰鞋如神蹟滑過圓心，讓我們在圓周兩端牽住對方的手。

◇ 雪抱著我

比細雨更貼心的雪，雪抱著我，因為愛；因為我釋放的一點點體溫而流淚。

◇ 雪相對

誠摯且潔白相對，相對妳的來、妳的去。妳都飛過白嵦嵦的山頭了，仍不知道妳的形影，傳說，族類與身世，我竟然不後悔。

◇ 雪前來充實

「時間的豐富對比了我多麼貧窮。」我站在白色之外悲傷地說。雪前來充實，宇宙也跟來，來開拓渺小如雪花的我。

◇ 與雪握手

我們返回最初，恰是冬季。與雪握手，從掌紋得知你的訊息——你化作風雪山神，你成為透明的荒原。風景了人生，之後，早春探頭。你的步音極柔、極輕彷彿飄雪一片、兩片、三四片，落入風景皆不見……

◇ **雪真容易崩潰**

雪真容易崩潰，當愛遲到。雪氣得把你的鬢髮變白，白得像粉蝶亂飛，教歲月去追。

◇ **雪如來**

雪如來，自十方來，那樣淨土的臉色、那樣禪的安撫、那樣領悟般地為眾生流淚。山谷為瓶，部落的人們在瓶中輕漾。楊枝不灑淨水，卻灑下雪。雪俯身，微笑在嘴角化開，爐熏與香讚，裊裊，接引苦難。

◇ **雪是白鳥**

雪是白鳥在山徑引路，霧跟在後面。（霧陰險、耐性、靜靜地潛伏與等待；雪就比較直爽了。）夢幻依偎在側，陽光在凍結的鐘面，遇見時間，而我在山徑巧遇一白鳥引路，美與冷，在空中盤旋。

◇雪花落地

宇宙在飄，沒有速度、沒有惡人般的安靜。雪花如書帙信牋，是宇宙寫給思念。雪花落地，只有剷雪的那人讀懂。

◇雪的結論

因為火焰們的討論，才得出冰雪聰明。時光如此耐煩，讓我們盪著分與秒，在鐘面上躲貓貓。時光如此耐煩，讓我們以足夠的信念親暱、以足夠的勇氣疏離，如此反覆，不在乎結果，突然就可能有結果。那些討論的過程，時光視為兒戲，時光如此耐煩我們，我們是好男好女討論冰雪如何融化為水，水中倒映的火焰是晚霞，晚霞像灼身的思想——那是一整天下來，最美的無結論。

◇長得像雪的詩句

其實一點也不想寫它，我要它別來找我。一開始，它就沒在聽我說什麼。我浪費太多的青春寫它等它，它到底來不來？我無心去想如何事業有成、如何爭權奪利，所有的歲月已花在它身上。它很少來、現在根本不來。我決定不理它，它就又出現了。一出現我就以更多的時間陪它，跟它道歉，然後它又消失不見。它在屋簷上行走，它在菸斗中消瘦，它在月光中……它來敲門又立刻躲起來，它就是情人嘴裡的討厭鬼，它是詩，模樣卻像雪。

◇雪花婆娑

雪花婆娑，我看到雪幕背後的一壺冰心，那麼晶瑩、那麼像思念；幕後是一齣戲，開演是空，雪是色，色色盯著像我這樣一個繽紛的觀眾。……雪花婆娑，我在咒語中優雅地飄浮，感覺像善與美的恩賜，我在空中俯瞰那過於平靜的狂笑，那狂笑來自天外又直衝地面，將大千世界銅鑼一般地匡啷敲響。……雪花婆娑，我心內說：就放手讓人間靜靜地流過。然後，揮揮手，我走！

◇雪人

想到布雷克就想到老虎。想到濟慈就想到夜鶯。想到葉慈就想到塔。想到波赫士就想到迷宮、鏡子與劍。想到雪，就想到人。

◇鬢霜髮雪

我的小孩旅遊回來，很興奮地跟我談論有趣的見聞，而這天晚上我做了一個夢——孩子們打開家裡的密道（竟然就在客廳一角），輕易地拉我進去，去到他們旅遊的地點：一座森林。那裡有今夜營火的餘燼，有昨晨的陽光與鳥鳴，他們對我說：「您在這裡玩吧，您已經到了可以自己照顧自己的時候了，往後，我們必須把父子關係變成朋友關係。您必須想一下，如何改善您的態度。」接著，他們述說著我在或不在，從來都不是我以為的那麼重要。我一個人在那裡等到天黑，打個盹，就又回家了；——小孩在家，而且已經長大了，他們看見我，很驚訝地問：您怎麼一直長不大呢？您不是應該鬢霜髮雪地回來嗎？您……您確定已經正正當當地變老、變睿智了嗎？

◇雪在問與答

以風、土、火、水籌組雪人會議，雪人討論人。人的問題愈來愈嚴重，因為人把一切都變得有可能發生，因為年輕健康的緣故。人的要求也愈來愈簡單，創意可多了，煩惱的事小小的，憂鬱也薄荷般涼涼的，連時光都甜甜的。人一旦擁有雪人的能力，那麼雪人的價值何在？難道這一天真的來了？——「人比雪人活得美好？」生活中，因為人愈來愈輕；輕，以致內心無所畏懼，於是人們昂揚，像春天的綠芽指天宣誓，誓言要輕如飄雪、更甚於雪。雪人在問與答之間自我檢討，這時風土火水躁動，地球燒燙，險些失去平衡。

◇啊！

他把自己繪入空白而且掛在窗扉的對面——形成

一幅畫作。他的聲音是唯一的顏色，他的風格是光影；突然，畫作裡的春色對著窗外大喊：啊！下雪了。

◇雪花蹺課

有一天雪花蹺課，從高山上逃學，冷風呼呼，雪花下山一路飆飛。雪花在人間貪玩，天黑了，回不去，一朵雪花挨擠一朵雪花，擠得身體僵硬，變成霜與冰。冬天的陽光為逃學的雪花傷透腦筋，最後想出一個辦法：變身！陽光努力散發全身的熱量，讓雪花吸收，變身為水，水滲入地底，再蒸發到天空；緊接著太陽煩請北風吹呀吹，吹雪花平安地飄回山頂。山神生氣了，決定用彩虹、用一條一條的山徑將雪花圍住，可是後來啊，雪花在下個冬季仍然忍不住飄下峻嶺，飛過海洋，來到人間。雪花蹺課的事件就這樣，每一年重複發生，因為令人寒冷的學校教育總是沒有改善。

◇雪事件

雪中走來圍著毛線圍巾的天空，天空說它很冷。雪中走來身著高領大衣的黃土高原，灰撲撲的黃土高原說它寂寞。雪中走來白色的犛牛，只看到黑眼珠，天地整個白成牠的身體，犛牛說牠很自在。雪穿著藍鯨，穿著企鵝，雪穿著一件可愛卻摸不著的天體。雪落在方言上、落在犁具上、落在有品牌的人之上，雪落在無標籤、無型號的舊衣上。雪中的一切叫做生活；雪，不說歷經百千劫，僅僅表示擁有過一些美好的歲月——全用來生養萬物與人類。

◇雪心酸

雪心酸地鑽入被窩，在我身旁，小腳冰冷。雪不知為何事難過：「有些事你是不會懂的！」雪說。我抱著雪，她在半夜說了一則「輕輕公主」的故事給我聽。雪悲傷的是，被愛了卻得保持距離，因為一旦擁抱就會落入凡塵。偎在我身旁的雪像雛鳥、像小袋鼠睡著了——雪睡著了就通透明澈，變成冰，摸了才發現好燙，一顆紅色跳動的心在冰中，晶瑩剔亮，又漸漸在我身邊化作一股暖流，隱約聽到琤琤淙淙的聲音流入夢裡。雪在夢中說：愛會讓人變得太重，所以雪總是輕輕的、保持愛與不愛的距離。

◇雪沒有輪廓

一片雪幕沒有輪廓，卻被琵琶描金、被七弦琴裁出神祕的光與影……天空側躺成黃土高原，蓋著雪，又端詳著那雪變得白白胖胖，韻味唐朝、名仕衣衫，雪完全沒有理由為這樣的小鎮消瘦。我們要學會將一片雪幕裁呀裁，裁成繽紛的白紙，摺成一架一架想飛的紙飛機，陪著兒童，而兒童陪著藍，而藍飛上天空變成一汪眼睛俯瞰像我這樣的異鄉人。

◇雪革命

雪參加革命。雪反對無聲勝有聲。雪要讓真相大白，所以加入革命軍。雪走在一隊綠軍衣與麂皮氈帽之上。雪與刺刀一起望向天空。雪與靴子一起尋覓飛鴻的爪。雪看見前方一個一個倒下像雪花片片的人。一排槍響。故鄉的玫瑰綻放了。雪打勝仗時總是異常安靜，像短暫的和平一樣憂鬱。

◇雪旋律

搖一搖水晶球，球體之內雪花片片。雪花隨著音樂盒叮叮咚咚的旋律跳舞。球體之內雪花漸漸靜止，聖誕老人和麋鹿滑落雪地，不小心撞上水晶球壁面，禮物撒了一地，將午夜的鐘聲嚇出十二句，一些神靈悠然自月光中醒來，決定讓宇宙變作一個無形的球體。

◇雪情書

雪是夾在天地之間一層奶油，世界像三明治，是神的早餐。神啊，給我未來或者下一場雪。我愛幽微，我愛雪。藏在雪花的宇宙啊到底知不知道：雪是女巫的手勢、明咒，雪是天神的一口氣呼出而來不及吸入。神啊，給我未來，或者下一場雪……每一片雪的背面有字，寫著希望與祝福，在豐年時飄灑而下。雪的背面是我的一封消瘦晶體的情書。

◇雪在燒

一朵雪花偷偷別在我的領口像紀念徽章，那時我將返回南方。候機室的空調暖氣教雪不適，雪的眼睛溼潤，是害怕到了南方我對她不好嗎？一上飛機，原本柔柔嫩嫩的雪花哭瘦了一大圈，她望向窗外，心想：雲層底下就是家鄉，這趟真的離家太遠了。機艙的透明窗阻隔雪花與外界。雪自我的領口下滑到胸口，變成細細的一絲水漬，最後完整地融入我的體溫，消失了，而我完全不知道我辜負一朵雪花的愛。直到我回到台北的第一夜，夢中下雪，雪堆積到我的牀、覆蓋我的身體，這次換我融入雪且聽見呢喃的耳語似火燒灼。

◇雪精靈

每一朵雪花都是一個精靈。精靈到了冬天就到人間遊玩。孩子們在雪中奔跑，只有孩子們知道每一朵雪花都是一個精靈。但是孩子們不知道精靈的形狀，於是堆雪球、塑雪人、雕雪屋，讓精靈有了形體可以在這世界短暫停留，陪著孩子渡冬。

◇ 叫我雪

我鑽進一個名字而且撐破它。讓名字碎成繽紛的紙片，彷彿是寒風喚醒的前世精魂。我的名字被知道了，他們叫我：雪。

◇ 雪國

雪國流傳一則故事：從前有一棵想飛的樹，在魔一樣的夜晚；一棵想飛的樹會吃鳥，吃了之後長出翅膀，那樹擁有白色的翎翮，綠色的眼睛，粉紅的喙……：靜止的神態像一位佩帶凝雪弓刀的將領。

◇ 下雪的詩人

那麼詩就是可以躺下來的地方嗎？經常，詩人在創作時不是用語字思考，是以圖像、旋律、光影、幻覺……與神交流。所以詩人思考時是最渾沌不清的，或者接近一種彌留狀態。只有在詩句以最適當的方式及準確的位置現身時，詩人才會有那麼一瞬間清晰起來。詩人清晰起來的一瞬間亦是他最功利現實的一刻了。還好，詩人很快又進入了彌留狀態。然後躺下來，在詩中：等待一株玫瑰從雪原般的體內冒出新芽。

◇雪散步

大氣邀約雪去散步，散步在部落、在人們瑟縮的肩頭。戶外，陽光呼出的霧像幽靈，活動活動人生。我只是一首祭典之歌，感受到周遭這一切，然而不小心拔高又掩嘴壓抑，終於，脫口而出一把白色的舌劍，輕易不傷人。我無毒無害地，繼續走向空曠的妳。

◇雪堆積

雪拉著一千又一萬個愛妳的天使，從天空滑下來，順著極光滑到舌根，那滾動的愛如棉花糖在口中化開，都甜到啞了。緊跟在後的其他雪，等不及就直接落下來，好多雪啊，雪落得像什麼？雪落得像文字，雪落得像玩具，雪落得像一群小野貓窩在暖炕追逐，雪落得像戰後仰臉謝天的人類；然後，雪一直堆積，雪堆積得像彩色的積木城堡，雪堆積得像這世界。——這世界落得像妳，妳是默默的雪，不斷堆積。

◇澡雪

土牆有畫，那是天色塗鴉，孩子們的投影補上幾筆，然後上學去。（日子已經土屋一輩子，有一天，澡過雪之後，只剩下那面塗鴉的牆）。牆面有詭譎的微笑，孩子們想以一口氣吹倒土牆，像吹倒北方漢子的形象。

一口輕輕的吹氣幻為飛馬，奔騰著斬釘截鐵的方言，字字、句句；問問、答答。

一口輕輕的吹氣，吹小石塊成駝鈴，吹一座山為站牌，吹神曲為小徑……我們所崇敬的神亦為迷路所苦，　臉無奈，祂面臨失控的一口輕輕的吹氣。

一口輕輕的吹氣最終幻為思想風暴，融入土牆。（土牆有畫，那是天色塗鴉。）

我們所崇敬的神坐在不倒的牆，悠閒地晃呀晃著白嫩的雙腿。牆角下仰臉的夢突然全副武裝，對牆革命！孩子們已經失去等待的耐性，美好的創意騷動著、狼著、犇著，他們不必推倒牆、不必在牆上打洞，即刻穿過，穿過一堵土牆，穿過繁華的、寫意的雪色，飄啊，飄起來，在最最形而上之處，天使伸出小手順勢把想像力拉到天堂一同玩遊戲。

◇雪叫停

叫雪，雪嚇一大跳，一壺冰心倒出群鴉的叫聲，嘎啊嘎啊飄向天空，很快就疲倦了，雪棲止於一對美目之涘，倒影抖擻、寒顫，樂觀的十二月決定將逝水告一段落。

◇雪複製

再不笑，我就要飄雪了。雪真的飄下來，人間是每一個「我」的複製，我複製雪、雪複製一大隊白楊，白楊敲鑼打鼓向夜空慶典般地走去，遠遠，遠到像點點繁星；這時春天從金色樓梯下來，邊走邊張臂面對冷得要死的觀眾。

◇雪吸音

雪將跫音吸乾淨，所以我愛妳是無聲的，落葉終於打破沉默，三葉兩葉地補充說：冬天走了春天還會不走嗎？

◇裸雪

是什麼在我懷中這樣不規則地緊縮，舒放，像碰著了貓那樣敏感。小心，輕輕。你來是為了寫詩，每天寫一點點，要我朗誦，每天朗誦一小段一小段身體，你像羊皮紙攤開……雪落了，身體就完整了。我用鳥喙、你用青春反饋，最終一口吃下我們的是床畔一枝玫瑰，玫瑰花瓣像愛驚飛；我們如今依偎，像竹籬旁的木瓜樹和野薔薇，猛出神，天空一片哲學。

◇雪寫我

我寫上姓名與日期，無序無跡地離開了，讓人生的內容四散飄浪。教生命即使已知短長有限也要享受捉摸不定的神祕感……向晚時分，我將手中的橘子往天空一拋，恍惚以為是一顆落日，啊，那長長的投影傷重落地，落在千畝夢田、落在最後的地球。一片溫柔的黃昏趁亂溜走了。

◇雪怪獸

外頭愈冷，我內心愈像夏日廟埕的祭典。遠處山頭有聲轟然，一頭雪奔來，跳入我訝然張開的大口。

我：「親愛的雪，你正在我體內融化耶！痛嗎？」

雪：「融化是不會痛的，遺忘才會。好熱啊……我本以為你的心夠冷。」

我：「快走吧，我怕會把你融化的。」

雪：「走不了啦。我雙腳已經開始融化了。」

我：「啊！怎麼辦？」

雪：「你的心有出口嗎？」

我：「往上爬，從眼睛出去！」

雪：「好。」

雪努力往上爬，從我的眼睛奔出時已是兩行淚。

◇雪妖

睡在雪地的小妖，身長大約小學低年級生的腳印大小，她渾身通透，綠光瑩瑩，小指頭是雪花結晶體，有玉米色的黃金鬢，眼睛一小點晶亮而黑，頭上有軟軟的觸角，一有想法就變色。她們住在樹根洞裡，最愛玩碰碰樂——亦即側身互撞肩臂，琤一聲，有火花，春天就是小妖不小心點燃的，綠焰如芽。驚蟄那天，小妖愈玩愈瘋，互相撞碎了，變成河水，流向全世界，有人將小妖掬起，飲入深深的體內聚為魂魄。

◇ 花吹雪

絕對溫柔又極度暴力的雪……雪太完美了，注定無法適應現實生活。

國家圖書館預行編目資料

靜到突然／李進文著. -- 初版. --
臺北市: 寶瓶文化, 2010. 11
面； 公分. --(Island；134)

ISBN 978-986-6249-27-3（平裝）

851.486　　99019282

Island 134

靜到突然

作者／李進文

發行人／張寶琴
社長兼總編輯／朱亞君
主編／張純玲・簡伊玲
編輯／施怡年
美術主編／林慧雯
校對／施怡年・陳佩伶・余素維・李進文
企劃副理／蘇靜玲
業務經理／盧金城
財務主任／歐素琪　業務助理／林裕翔
出版者／寶瓶文化事業有限公司
地址／台北市110信義區基隆路一段180號8樓
電話／(02) 27494988　傳真／(02) 27495072
郵政劃撥／19446403　寶瓶文化事業有限公司
印刷廠／世和印製企業有限公司
總經銷／大和書報圖書股份有限公司　電話／(02) 89902588
地址／台北縣五股工業區五工五路2號　傳真／(02) 22997900
E-mail／aquarius@udngroup.com

著作完成日期／二〇一〇年
初版一刷日期／二〇一〇年十一月十一日
ISBN／978-986-6249-27-3
定價／二七〇元

AQUARIUS 寶瓶 文化事業

愛書人卡

感謝您熱心的為我們填寫，
對您的意見，我們會認真的加以參考，
希望寶瓶文化推出的每一本書，都能得到您的肯定與永遠的支持。

系列：Island134　**書名：靜到突然**

1. 姓名：＿＿＿＿＿＿＿＿　性別：□男　□女
2. 生日：＿＿年＿＿月＿＿日
3. 教育程度：□大學以上　□大學　□專科　□高中、高職　□高中職以下
4. 職業：＿＿＿＿＿＿＿＿
5. 聯絡地址：＿＿＿＿＿＿＿＿＿＿＿＿＿＿＿＿

   聯絡電話：＿＿＿＿＿＿＿＿　手機：＿＿＿＿＿＿＿＿
6. E-mail信箱：＿＿＿＿＿＿＿＿＿＿＿＿＿＿＿＿

   □同意　□不同意　免費獲得寶瓶文化叢書訊息
7. 購買日期：＿＿年＿＿月＿＿日
8. 您得知本書的管道：□報紙／雜誌　□電視／電台　□親友介紹　□逛書店　□網路

   □傳單／海報　□廣告　□其他
9. 您在哪裡買到本書：□書店，店名＿＿＿＿＿＿　□劃撥　□現場活動　□贈書

   □網路購書，網站名稱：＿＿＿＿＿＿　□其他＿＿＿＿＿＿
10. 對本書的建議：（請填代號　1. 滿意　2. 尚可　3. 再改進，請提供意見）

    內容：＿＿＿＿＿＿＿＿＿＿＿＿

    封面：＿＿＿＿＿＿＿＿＿＿＿＿

    編排：＿＿＿＿＿＿＿＿＿＿＿＿

    其他：＿＿＿＿＿＿＿＿＿＿＿＿

    綜合意見：＿＿＿＿＿＿＿＿＿＿＿＿＿＿＿＿＿＿＿＿
11. 希望我們未來出版哪一類的書籍：＿＿＿＿＿＿＿＿＿＿＿＿

讓文字與書寫的聲音大鳴大放

寶瓶文化事業有限公司

（請沿虛線剪下）

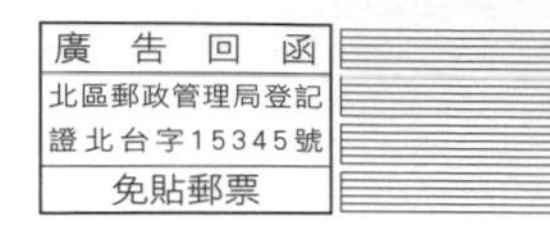

寶瓶文化事業有限公司　收

110台北市信義區基隆路一段180號8樓

8F,180 KEELUNG RD.,SEC.1,

TAIPEI.(110)TAIWAN R.O.C.

（請沿虛線對折後寄回，謝謝）